ÁTAME

LA TRILOGÍA ATRÁPAME: SEGUNDO LIBRO

ANNA ZAIRES

♠ MOZAIKA PUBLICATIONS ♠

Copyright © 2019 Anna Zaires
www.annazaires.com/book-series/espanol

Traducción de Scheherezade Surià

Todos los derechos reservados.

Publicado por Mozaika Publications, una marca de Mozaika LLC.

www.mozaikallc.com

Portada de Najla Qamber Designs

www.najlaqamberdesigns.com

ISBN: 978-1-63142-473-1

Print ISBN: 978-1-63142-474-8

I

SU CAUTIVA

*ulia*

Prisionera. Cautiva.

Con el cuerpo musculoso de Lucas aplastándome contra la cama, siento esa realidad más intensa que nunca. Tengo las muñecas inmovilizadas por encima de la cabeza, y el hombre que me acaba de mostrar el cielo y el infierno me está invadiendo. Puedo sentir la polla de Lucas ablandándose dentro de mí y me arden los ojos por las lágrimas no derramadas mientras estoy ahí tumbada, con la cara girada hacia un lado para evitar mirarlo.

Me ha follado y, una vez más, le he dejado hacerlo. No, no solo le he dejado, le he recibido con los brazos abiertos. Sabiendo cuánto me odia mi captor, le he besado por voluntad propia, cediendo a sueños y fantasías que no tienen lugar en mi vida.

He sucumbido al deseo por un hombre que va a destruirme.

No sé por qué Lucas no lo ha hecho todavía, por qué estoy en su cama en lugar de colgada en algún cobertizo de tortura, rota y sangrando. Esto no es lo que esperaba cuando los guardias de Esguerra me trajeron aquí ayer y me di cuenta de que el hombre cuya muerte creí haber causado estaba vivo.

Vivo y decidido a castigarme.

Lucas se agita sobre mí, su peso se reduce levemente, y siento la brisa fresca del aire acondicionado en la piel humedecida por el sudor. Se me encogen los músculos internos cuando desliza la polla fuera de mí y empiezo a ser consciente de un profundo dolor entre las piernas.

Se me contrae la garganta, y el picor tras los párpados se intensifica.

«No llores. No llores». Repito las palabras como un mantra, concentrándome en mantener las lágrimas bajo control. Es más difícil de lo que creía y sé que es debido a lo que acaba de ocurrir entre nosotros.

Dolor y placer. Miedo y lujuria. Nunca pensé que la combinación pudiera ser tan devastadora. Nunca hubiera sospechado que podría volar justo después de haber caído en el abismo de mi pasado.

Nunca había imaginado que podría correrme poco después de recordar a Kirill.

El simple hecho de pensar en el nombre de mi

instructor hace que el nudo en la garganta se haga más grande y que los recuerdos oscuros amenacen con brotar de nuevo.

«No, para. No pienses en eso».

Lucas se mueve de nuevo, levanta la cabeza, y exhalo con alivio cuando me suelta las muñecas y se quita de encima. La sensación de picazón en los ojos se desvanece cuando respiro profundamente, llenando los pulmones con el aire que tanto necesitaba.

Sí, eso es. Solo necesito distanciarme un poco de él.

Inhalo de nuevo y vuelvo la cabeza para ver a Lucas levantarse y quitarse el condón. Nuestros ojos se encuentran y capto un indicio de confusión en la frialdad azul grisácea de su mirada. Justo después, sin embargo, la emoción desaparece, mostrando su habitual cara dura e inflexible de mandíbula cuadrada.

—Levántate. —Lucas estira la mano hacia mí y me agarra del brazo—. Vamos. —Me saca de la cama a rastras.

Estoy temblando demasiado como para resistirme, así que tropiezo mientras me lleva a la fuerza por el pasillo.

Segundos después, se detiene frente a la puerta del baño.

—¿Necesitas un minuto? —pregunta y yo asiento agradecida por la oferta.

Necesito más de un minuto, necesito una eternidad para recuperarme de esto, pero me conformaré con un minuto de privacidad si eso es todo lo que puedo conseguir.

—No intentes nada —dice mientras cierro la puerta. Me tomo en serio su advertencia, sin hacer nada más que ir al baño y lavarme las manos tan rápido como puedo. Incluso si encontrara algo para enfrentarme a él, no tendría fuerzas ahora mismo.

Estoy agotada tanto física como emocionalmente. Me duele el cuerpo casi tanto como el alma. Ha sido demasiado: la breve conexión que pensé que teníamos, la forma en la que de repente se volvió frío y cruel, los recuerdos combinados con el devastador placer, que Lucas me capturase a pesar de tener a esa otra chica, la morena que me espiaba desde la ventana...

Siento cómo la garganta se me estrecha de nuevo y tengo que contener un sollozo. No sé por qué este último pensamiento, de entre todas las cosas, es tan doloroso. No tengo que reclamarle nada a mi captor. Como mucho, soy su juguete, su posesión. Jugará conmigo hasta que se aburra y luego me romperá.

Me matará sin pensarlo dos veces.

—Eres mía —ha dicho mientras me estaba follando y, por un breve momento, pensé que lo decía en serio. Pensé que se sentía tan atraído por mí como yo por él.

Claramente, estaba equivocada.

Una delgada capa de humedad me cubre la visión y parpadeo para alejarla de los ojos. La cara que me devuelve la mirada desde el espejo del baño está demacrada y pálida. Dos meses en la prisión rusa han hecho mella en mi aspecto. Ni siquiera sé por qué Lucas me desea en este momento. Su novia es infinitamente más guapa, con esa cálida tez y esos rasgos tan vivos.

Un golpe fuerte me asusta.

—Se te acabó el minuto. —El tono de Lucas es severo, y sé que no puedo retrasar más el momento de hacerle frente. Tomo aire para calmarme y abro la puerta.

Está parado en la entrada, esperándome. Creía que me llevaría de vuelta, pero pasa al baño.

—Entra —dice, empujándome hacia la ducha—. Vamos a ducharnos.

¿Vamos? ¿Va a entrar conmigo? Se me encoge el estómago y noto el calor extendiéndose por la piel, pero obedezco. No tengo otra opción, pero, incluso si la tuviera, el recuerdo de las semanas sin ducha en la prisión de Moscú todavía está demasiado reciente en mi mente.

Si mi captor quiere que me dé cinco duchas al día, lo haré con gusto.

La cabina de la ducha es lo suficientemente grande como para que entremos los dos. La mampara de cristal está limpia y es moderna. En general, todo en la casa de Lucas está limpio y es moderno, muy diferente al pequeño apartamento de la etapa soviética en el que solía residir en Moscú.

—Tienes un baño bonito —le digo en un tono casual cuando abre el grifo. No sé por qué he elegido este tema entre todos, pero necesito distraerme de alguna manera. Estamos juntos en la ducha, desnudos, y, aunque nos acabamos de acostar, no puedo dejar de mirarlo. Sus músculos bien definidos se abultan con cada movimiento y le cuelgan los testículos entre las piernas, donde la polla medio dura brilla por los rastros de semen. No es el único hombre que he visto desnudo, pero es, con diferencia, el más impresionante.

—¿Te gusta el baño? —Lucas se vuelve hacia mí, dejando que el chorro de agua le golpee la ancha espalda y me doy cuenta de que no soy la única consciente de la tensión sexual que hay en el aire. Está ahí, en la manera en que me mira con esos ojos enormes recorriéndome el cuerpo antes de volver a la cara, en la forma en que cruza sus grandes manos, como para evitar que me alcancen.

—Sí. —Trato de mantener un tono informal, como si no fuera un problema que estuviéramos aquí de pie juntos después de que me haya follado sin parar y de que haya enviado mis emociones a la mierda—. Me gusta la sencillez de la decoración.

Produce un contraste agradable con la complejidad de este hombre.

Me mira, con los ojos pálidos más grises que azules bajo esta luz, y veo que, a diferencia de mí, no está dispuesto a distraerse. Quería que nos bañáramos juntos por una razón y esa razón se vuelve obvia cuando me alcanza y me empuja junto a él bajo el chorro de la ducha.

—Baja. —Acompaña la orden con un fuerte empujón sobre mis hombros. Se me doblan las piernas, incapaces de soportar la fuerza de esas manos presionándome hacia abajo, y me encuentro de rodillas delante de él, con la cara al nivel de la ingle. Desvía con la amplitud de su espalda la mayor parte del agua que cae, pero aún me alcanzan algunas gotitas, lo que me obliga a cerrar los ojos mientras me agarra del pelo y me acerca la cabeza a la polla endurecida.

—Si me muerdes… —Deja la amenaza sin terminar, pero no necesito saber los detalles para entender que saldría malparada de tal acción. Quiero decirle que la advertencia no es necesaria, que estoy demasiado destrozada para resistirme en este momento, pero no me da la oportunidad. Tan pronto como separo los labios, empuja la polla hacia adentro, penetrándome con tanta profundidad que casi me ahogo antes de que la saque. Jadeando, me apoyo en las duras columnas de sus muslos y él vuelve a empujar con más lentitud esta vez.

—Bien, buena chica. —Disminuye la fuerza con la que me coge del pelo cuando cierro los labios alrededor de su gruesa polla y aprieto las mejillas, chupándola—. Justo así, preciosa.

Extrañamente, sus palabras de aliento me envían una espiral de calor a través del clítoris. Todavía estoy mojada por nuestro polvo, y siento esa humedad cuando presiono los muslos, tratando de contener la lujuria en mi interior.

No es posible que lo desee de nuevo. Tengo el sexo en carne viva e hinchado y mi interior sensible por su dura posesión. También tengo reciente esa oscuridad invasora, los recuerdos que han estado tan cerca de absorberme. Estar con un hombre así, completamente en su poder y queriendo castigarme, es mi peor pesadilla, pero con Lucas nada de eso parece importar.

Todavía estoy caliente.

Me aprieta con fuerza el pelo con los dedos mientras se mete en mi boca, marcando el ritmo, y hago lo que puedo para relajar los músculos de la garganta. Sé cómo hacer una buena mamada, por lo que uso esa habilidad, acariciándole las pelotas con ambas manos mientras succiono con los labios.

—Sí, así. —Su voz está llena de lujuria—. Sigue.

Obedezco, apretándole más fuerte las pelotas y metiéndomelo aún más profundo en la garganta. Curiosamente, no me importa darle este placer. Aunque estoy de rodillas, siento que tengo más control ahora que en cualquier momento desde mi llegada esta mañana. Le estoy dejando hacer esto y, en esa decisión, hay poder, aunque sé que es, más que nada, una ilusión. Soy su prisionera, no su novia, pero, por el momento, puedo fingir que lo soy, que el hombre que me mete la polla entre los labios me considera algo más que un objeto sexual.

—Yulia… —gime mi nombre, sumándose a la ilusión, y, luego, la mete hasta el fondo y se detiene, esparciendo grandes chorros de semen por la garganta. Me concentro en respirar y no ahogarme mientras trago a la vez que sigo acunándole las duras pelotas con las manos—. Buena chica —me susurra, haciéndome tragar cada gota, y, luego, me acaricia el pelo, tocándome con una suavidad que nunca antes había sentido. Su aprobación debería resultarme humillante, pero me deleito con esta pequeña muestra de ternura, empapándome de ella por una necesidad desesperada. Me siento cansada, tan cansada que todo lo que quiero hacer es quedarme así, con él acariciándome el pelo mientras me quedo dormida.

De repente, me ayuda a ponerme de pie y abro los ojos cuando el agua comienza a golpearme en el pecho en lugar de en la cara. Lucas no habla, pero cuando vierte el gel en la palma de la mano y me lo extiende sobre la piel, su tacto es aún suave y relajante.

—Reclínate hacia atrás —murmura, dando un paso detrás de mí, y yo me apoyo sobre él, colocando la cabeza sobre su hombro mientras me lava la frente. Me enjabona el pecho, el vientre y la zona sensible entre las piernas con sus grandes manos. Me doy cuenta, distraída, de que me está cuidando. Mi mente se deja llevar cuando cierro los ojos para disfrutar de la atención.

Demasiado pronto, estoy limpia y él retrocede, dirigiendo el chorro de agua hacia mí para que me enjuague. Me balanceo ligeramente, apenas capaz de sostenerme sobre las piernas cuando Lucas cierra el grifo y me guía fuera de la ducha.

—Venga, vamos a llevarte a la cama. Estás a punto de caerte. —Me envuelve en una toalla gruesa y me levanta, llevándome fuera del baño—. Necesitas dormir.

Me dirige hacia el dormitorio y me deja en la cama. Parpadeo mirándole mientras pienso con extremada lentitud. ¿No me va a atar junto a la cama en el suelo?

—Vas a dormir conmigo —dice, respondiéndome a la pregunta no formulada. Parpadeo otra vez, demasiado cansada para analizar lo que significa todo esto, pero, en ese momento, saca un par de esposas del cajón de la mesita de noche.

Antes de que pueda imaginarme sus intenciones, me coloca una esposa alrededor de la muñeca izquierda y engancha la segunda a la suya. Luego, se acuesta, estirándose detrás de mí y encaja el cuerpo con el mío desde detrás, colocándome el brazo izquierdo esposado sobre el costado.

—Duerme —me susurra al oído, y yo obedezco, hundiéndome en el cálido confort del olvido.

2

Lucas

La respiración de Yulia se estabiliza casi de inmediato. Su cuerpo se vuelve débil mientras se me duerme entre los brazos. Tiene el pelo mojado por la ducha y la humedad se filtra en la almohada, pero no me molesta.

Estoy demasiado concentrado en la mujer que tengo abrazada.

Huele a mi gel de ducha y a ella misma, un aroma único y delicado que, de alguna manera, aún me recuerda a melocotones. Tiene el cuerpo delgado, sedoso y cálido y siento amortiguada la curva de su culo contra la ingle. Mi cuerpo rebosa alegría mientras estoy aquí acostado, pero mi mente se niega a relajarse.

Me la he follado.

Me la he follado y, una vez más, ha sido el mejor sexo que he practicado en mi vida, superando incluso a nuestra vez en Moscú. Cuando he entrado en ella, la intensidad de las sensaciones me ha dejado sin aliento. No parecía sexo, sino que era como volver a casa.

Incluso ahora, recordar cómo ha sido deslizarse en su estrechez profunda y cálida hace que se me contraiga la polla y me duela el pecho de manera inexplicable. No quiero tener esto con ella, sea lo que sea «esto». Debería haber sido tan simple como follarla, deshacerme de las emociones y, luego, castigarla, extrayéndole información en el proceso. Ha matado a hombres con los que había trabajado y entrenado durante años.

¡Casi me mata!

La idea de que no pueda sentir más que odio y lujuria por Yulia me enfurece. He tenido que hacer un esfuerzo tremendo para ignorar la suavidad en su mirada y tratarla como la prisionera que es, para follármela en lugar de hacerle el amor. Sabía que le estaba haciendo daño, he sentido que se resistía mientras me la tiraba sin piedad, pero no podía dejarle saber que eso me afectaba.

No podía rendirme ante esta loca debilidad.

Aunque ha sido exactamente eso lo que he hecho cuando me ha chupado la polla sin una pizca de protesta, ordeñándome con la boca como si no tuviera suficiente. Me ha dado placer después de tratarla como a una puta y esa maldita necesidad me ha sobrepasado de nuevo.

La necesidad de abrazarla y protegerla.

Se ha arrodillado frente a mí, con las pestañas mojadas y puntiagudas revoloteando por las pálidas mejillas mientras tragaba cada gota de mi semen y he querido abrazarla, tomarla entre los brazos y hacerle promesas que nunca debería cumplir. Me he decidido a lavarle el cuerpo, pero no he podido atarla y hacerle dormir en el suelo, al igual que antes no he podido hacerle daño de verdad.

Qué puto desastre. Ha estado aquí menos de veinticuatro horas y la furia que me ha ardido por dentro durante dos meses ya está empezando a enfriarse. Su vulnerabilidad me afecta como ninguna otra cosa. No debería importarme que esté débil y muerta de hambre, que su cuerpo sea una sombra de lo que era y que tenga los ojos azules llenos de agotamiento. No debería importarme que la reclutaran a los once años y la enviaran a trabajar a Moscú como espía a los dieciséis.

Ninguno de esos hechos debería marcar la diferencia, pero lo hacen.

¡Hostia puta!

Cierro los ojos y me digo a mí mismo que sea lo que sea lo que siento es temporal, que pasará una vez que me haya saciado de ella.

Lo digo aunque sé que estoy mintiendo.

No va a ser tan simple y debería haberlo sabido.

Un extraño ruido me saca de un sueño profundo. Abro los ojos y cualquier rastro de somnolencia ha desaparecido debido a la adrenalina que me recorre las venas. Me tenso, preparándome para pelear y, luego, recuerdo que no estoy solo.

Hay una mujer entre mis brazos, con la muñeca izquierda esposada a la mía.

Exhalo lentamente, dándome cuenta de que el ruido proviene de ella. Se mueve inquieta y lo vuelvo a escuchar.

Un suave gemido que termina en un grito ahogado.

—Yulia. —Le pongo la mano izquierda en el hombro, levantándole el brazo al moverla—. Yulia, despierta.

Se retuerce, luchando con repentina ferocidad, y me doy cuenta de que aún sigue dormida. Está medio llorando, medio jadeando y tira de las esposas con todas sus fuerzas.

«Joder».

Le agarro de la muñeca izquierda para evitar que nos hagamos daño y ruedo sobre ella, usando mi peso para inmovilizarla.

—Cálmate —le susurro al oído—. Es solo un sueño.

Espero a que deje de luchar, se despierte y se dé cuenta de lo que está pasando, pero no sucede.

En vez de eso, se transforma en un animal salvaje.

ulia

«Es culpa tuya, zorra. Todo es culpa tuya».

Un cuerpo pesado me presiona contra el suelo, con manos crueles rasgándome la ropa y, luego, siento dolor, un dolor brutal y punzante, cuando me embiste, diciéndome que ese es mi castigo, que merezco pagar.

—¡No! —grito, resistiéndome, pero no puedo moverme, no puedo respirar debajo de él—. ¡Para, por favor, para!

—Tranquilízate —me susurra al oído en inglés—. Cálmate de una puta vez.

La incongruencia de que Kirill hable inglés me sorprende por un segundo, pero estoy demasiado asustada para analizarlo del todo. El dolor de la violación y la vergüenza son como un metal aplastándome el pecho. Me estoy asfixiando, dando vueltas en la fría oscuridad, y todo lo que puedo hacer es luchar, gritar y luchar.

—Yulia. Joder, ¡deja de hacer eso! —Su voz es más profunda de lo que recordaba y está hablando en inglés otra vez. ¿Por qué lo hace? No estamos entrenando en este momento. Tanta anomalía me inquieta y me doy cuenta de que no es lo único extraño.

Tampoco lleva colonia.

Sigo debajo de él, confundida, y me doy cuenta de que, en realidad, no me duele.

Está encima de mí, pero no me está haciendo daño.

La realidad cambia y se vuelve a reajustar. Entonces lo recuerdo.

Lo de Kirill fue hace siete años. No estoy en Kiev, estoy en Colombia y soy prisionera de otro hombre que quiere castigarme por lo que he hecho.

—Yulia —me dice Lucas con voz serena al oído—. ¿Puedo soltarte?

—Sí —susurro contra la almohada. Tengo los músculos temblando por el esfuerzo excesivo y me cuesta respirar, como si hubiera estado corriendo. Debo de haber estado luchando contra Lucas en lugar de contra el fantasma de la pesadilla—. Ya estoy bien. De verdad.

Lucas se quita de encima y siento un tirón en la muñeca izquierda, donde las esposas todavía nos unen. Bajo el metal, tengo la piel herida y en carne viva. Debo de haber estado tirando de las esposas durante la pelea.

Se aleja de mí y, un segundo después, se enciende una luz suave que ilumina la habitación. La imagen de las limpias paredes blancas me sirve como prueba adicional de que estaba soñando y de que Kirill no está cerca de mí.

Lucas se estira hasta la mesita de noche y coge una llave para quitarnos las esposas. Cuando vuelve a poner la llave en el cajón, me quedo con su ubicación automáticamente, aunque me empiezan a castañear los dientes. No he tenido una pesadilla tan fuerte y realista en años y había olvidado lo malo que puede llegar a ser.

Lucas se vuelve hacia mí.

—Yulia. —Su mirada es sombría cuando me toca—. ¿Qué ha pasado?

Dejo que me lleve hacia su regazo. Así, siento el calor de su cuerpo sobre la piel congelada. No puedo dejar de temblar, la sombra de la pesadilla sigue flotando sobre mí.

—Yo… —Se me quiebra la voz—. He tenido un mal sueño.

—No. —Me levanta la barbilla con una mano, obligándome a mirarlo a los ojos—. Dime por qué has tenido ese sueño. ¿Qué te ha pasado?

Aprieto los labios con fuerza, luchando contra un impulso ilógico de obedecer esa orden amable. La manera en que me sostiene, casi como un padre que consuela a un niño, me hace querer confiar en él, decirle cosas que solo he compartido con el terapeuta de la agencia.

—¿Qué ha pasado? —Lucas me presiona,

suavizando el tono y siento una oleada de anhelo, de deseo por la conexión que imaginé que había entre nosotros. Aunque tal vez no me lo he imaginado, tal vez hay algo. Tengo tantas ganas de que haya algo…

—Yulia. —Curvando la palma de la mano sobre la mandíbula, Lucas me acaricia la mejilla con el pulgar—. Cuéntamelo, por favor.

Esto último me rompe al provenir de un hombre tan duro y dominante. No hay ira en la forma en que me está tocando, no hay lujuria violenta. Es cierto que antes me ha hecho daño, pero también me ha dado placer y, después, algo de ternura. Y, en este momento, no me está exigiendo respuestas, está preguntándome.

Me pregunta y no puedo rechazarlo.

No mientras me sienta tan perdida y sola.

—Está bien —susurro mirando al hombre con el que he soñado durante los últimos dos meses—. ¿Qué quieres saber?

ucas

—¿Cuántos años tenías cuando pasó? —pregunto, poniéndole la mano detrás del cuello para masajearle los músculos tensos. Yulia tiembla sobre mi regazo y una nueva oleada de rabia me remueve las entrañas.

Alguien le hizo daño, mucho, y lo va a pagar.

—Quince —contesta ella y me doy cuenta de cómo le tiembla la voz.

«Quince». Me contengo para no sacar la violencia volcánica que siento dentro de mí. Sospechaba que era algo así. Cuando ha gritado, su voz se ha vuelto aguda, casi infantil. Escupía palabras en ruso o en ucraniano.

—¿Quién fue? —Continúo mi pequeño masaje manteniendo la voz tranquila. Parece que la calma, y el temblor se reduce ligeramente. El color de su cara combina con el de las sábanas blancas y la luz tenue de la lámpara de mesa hace que sus ojos adquieran un tono azul oscuro. Puede que tenga veintidós años, pero parece extremadamente joven.

Joven y muy frágil.

—Se llamaba… —Traga—. Se llamaba Kirill. Era mi instructor.

Kirill. Nota mental. Necesitaré su apellido para iniciar la búsqueda, pero al menos ya tengo algo. Entonces la segunda parte de lo que ha dicho cala en mi interior.

—¿Tu instructor?

Desvía la mirada.

—Uno de ellos. Su especialidad era el combate cuerpo a cuerpo.

«Hijo de puta». Una niña de quince años, joder. Ni aunque hubiera sido un hombre adulto habría tenido alguna oportunidad.

—¿Y la gente para la que trabajabas lo permitió? —La rabia se me nota en la voz y ella se estremece casi imperceptiblemente. Sin querer asustarla, respiro hondo, tratando de recuperar el control. Sigue sin mirarme. Tiene los ojos fijos en algún lugar a mi izquierda, así que le paso la mano por el pelo y le cojo con suavidad la cabeza, atrayendo de nuevo su atención hacia mí.

—Yulia, por favor. —Me esfuerzo en usar un tono tranquilo—. ¿Lo castigaron?

—No. —Curva los labios con amarga ironía—. Eso es lo malo, que no lo hicieron.

—No lo entiendo.

Suelta una carcajada salvaje y llena de dolor.

—Deberían haberlo sancionado solamente. Si lo hubieran hecho, no se habría enfadado tanto.

Siento cómo la sangre se me hiela y me hierve a la vez..

—Cuéntamelo.

—Empezó a acercarse a mí cuando cumplí quince años, justo después de que me quitasen los aparatos dentales. —Su mirada se aleja de nuevo de la mía—. Era una niña fea, alta, delgada y torpe, pero, cuando crecí, mejoré. A los chicos les empecé a gustar y los hombres empezaron a darse cuenta de que existía. Todo ocurrió de la noche a la mañana.

—Y él fue uno de esos hombres.

Asiente, mirándome de nuevo.

—Sí, fue uno de esos hombres. Al principio, no me supuso un gran problema. Me sostenía contra la lona más de la cuenta o me obligaba a practicar un movimiento unas cuantas veces más para poder tocarme. Ni siquiera me daba cuenta de que lo hacía, no hasta que... —Se detiene bruscamente mientras un estremecimiento le recorre la piel.

—¿No hasta qué? —pregunto intentando mantener la calma para escucharla.

—No hasta que me acorraló en el vestuario. —Traga de nuevo—. Me cogió después de una ducha y me tocó. Por todas partes.

«Maldito pedazo de mierda». Quiero matar tanto a ese hombre que puedo saborearlo.

—¿Qué pasó entonces? —Me obligo a preguntar. No es el final de la historia, lo sé.

—Lo denuncié. —El cuerpo delgado de Yulia se estremece—. Fui al jefe del programa y le hablé de Kirill.

—¿Y?

—Y lo despidió. Le dijeron que se alejara y que no tuviera nada más que ver conmigo.

—Pero no lo hizo.

—No —afirma débilmente—. No lo hizo.

Cojo aire y me preparo.

—¿Qué te hizo?

—Vino a la residencia donde vivía y me violó. —Su tono es monótono y aparta la mirada de mí otra vez—. Decía que me estaba castigando por lo que había hecho.

Sus palabras me dejan sin aliento. Los paralelismos no se me escapan. Yo también he planeado usar el sexo como castigo, saciando mi lujuria con su cuerpo y mostrándole, al mismo tiempo, lo poco que significa para mí.

De hecho, eso es lo que he hecho esta noche, cuando me la he tirado bruscamente, ignorando su forcejeo.

—Yulia… —Por primera vez en años siento el amargo azote del odio hacia mí mismo. No me extraña que se asustara cuando la aplasté contra el suelo del pasillo—. Yulia, yo…

—Los médicos me dijeron que había tenido suerte de que los demás aprendices me encontraran. —Continúa como si no hubiese dicho nada—. De lo contrario, me habría desangrado.

—¿Desangrado? —Una ola de rabia me sube por la garganta—. ¿Tanto daño te hizo el hijo de puta?

—Tenía una hemorragia —explica con la cara extrañamente calmada al mirarme de nuevo—. Fue mi primera vez y fue brusco. Muy brusco.

La muerte de ese maldito cabrón será lenta. Muy lenta. Me imagino a mí mismo usando contra el instructor algunas técnicas de Peter Sokolov y la fantasía me tranquiliza lo suficiente como para poder preguntar de manera racional:

—¿Cómo se apellida?

Yulia parpadea y veo que parte de esa calma poco natural se está disipando.

—Su apellido no importa.

—A mí me importa. —Le doy un apretón en los hombros, sintiendo los delicados huesos—. Vamos, cariño. Solo dime su apellido.

Niega con la cabeza.

—No importa —repite. Endurece la mirada mientras añade—: No importa, está muerto. Lleva muerto seis años.

Mierda, era demasiada fantasía.

—¿Lo mataste? —pregunto.

—No. —Le brillan los ojos como trozos de cristales rotos—. Ojalá lo hubiera hecho. Quería hacerlo, pero el jefe de nuestro programa envió a un asesino para que lo hiciera.

—Así que te privaron de la venganza.

Sé que la mayoría de la gente se alegraría de que una niña no tuviera la oportunidad de cometer un asesinato, pero nunca he creído en poner la otra mejilla. Hay una cierta satisfacción en la venganza, una sensación de finalización. No deshace el pasado, pero puede ayudar a que uno se sienta mejor al respecto.

Lo sé porque me ayudó.

Yulia no responde y me doy cuenta de que he tocado un punto sensible. Los odia por eso, a esa agencia de la que se niega a hablar, a ese "jefe del programa" que debería haberla protegido del instructor, para empezar.

¿Los entregaría si le preguntara por ellos ahora? Está herida y vulnerable después de revivir su doloroso pasado. Sería un verdadero cabrón si lo aprovechase. Pero, si lo hago, podría obtener la información que necesito y no tendría que hacerle daño.

La mantendría a salvo y nadie más le volvería a hacer daño.

Ayer habría dejado de lado la idea, considerándola simplemente una debilidad. Me he estado mintiendo todas estas semanas y es hora de admitirlo. No podré torturarla. Cuando trato de imaginarme utilizando un cuchillo sobre ella de la forma en que lo hice con ese intruso, se me revuelve el estómago. Ni siquiera antes de la pesadilla, no soy capaz de tratar a Yulia como si fuese una auténtica prisionera y, ahora que sé cuánto ha sufrido, la idea de causarle más dolor me pone físicamente enfermo.

Entonces tomo una decisión y digo en voz baja:

—Háblame del programa. —Esta es la mejor oportunidad para obtener la información que necesito y tengo que aprovecharla, incluso si eso supone explotar la vulnerabilidad de Yulia. Aún sosteniéndole la mirada, le pongo la mano en la nuca y la acaricio suavemente—. ¿Quiénes son las personas que te reclutaron?

Se queda paralizada sobre mi regazo y veo un destello de dolor en el rostro antes de que se convierta en una hermosa máscara.

—¿El programa? —Su voz suena fría y distante—. No sé nada al respecto.

Y, apartándome, salta de la cama y sale corriendo de la habitación.

 ulia

Corro sin hacer ruido por el pasillo con los pies descalzos sobre la alfombra. Siento la traición amarga y pegajosa en la lengua.

Tonta. Idiota. *Dura. Debilka.* Me castigo en dos idiomas, incapaz de encontrar palabras suficientes para justificar mi estupidez. ¿Cómo he podido, ni siquiera durante un segundo, confiar en Lucas? Sé lo que quiere de mí, pero aun así he caído rendida en ese estúpido anhelo, en las fantasías que deberían haberse extinguido en el momento en que me di cuenta de que estaba vivo.

El hombre con el que soñé en la cárcel no es más que un producto de mi imaginación.

La técnica de interrogatorio que ha usado conmigo es más que básica. Paso uno: acércate a tu enemigo y entiende cómo funciona. Paso dos: muestra una actitud de escucha comprensiva y finge que te importa. Es el truco más viejo del mundo y he caído en él.

He estado tan desesperada por obtener calor humano que he dejado que el enemigo me vea el alma.

—¡Yulia! —Puedo escuchar a Lucas corriendo detrás de mí, pero ya estoy en el baño. Entro, cierro la puerta y pongo el cerrojo. Luego, me apoyo sobre ella esperando que esto evite que la rompa, al menos por el momento—. ¡Yulia! —Golpea la puerta con el puño y siento que tiembla haciendo que me tiemble el cuerpo también. Tengo frío otra vez. El frío de la pesadilla vuelve. ¿Por qué le he hablado a Lucas de Kirill? Nunca le he contado la historia completa a nadie, excepto al terapeuta de la agencia. Obenko lo sabía, por supuesto, fue él quien ordenó el asesinato, pero nunca se la conté entera.

Fuera de las sesiones de terapia obligatorias, nunca se lo había dicho a nadie hasta que ha aparecido Lucas.

—Yulia, abre la puerta. —Deja de dar golpes y su tono se vuelve calmado y engatusador—. Sal y hablamos.

¿Hablar? Me quiero echar a reír, pero temo que salga un sollozo. Cuando me reclutaron por primera vez, el terapeuta de la agencia mostró su preocupación por que no fuera lo suficientemente imparcial para el trabajo, ya que perder a mi familia a una edad temprana me hacía susceptible a la manipulación emocional. He trabajado duro para superar esa debilidad, pero parece que no lo suficiente.

Una caricia tierna, una muestra de ira en mi nombre y me he convertido en arcilla en manos de Lucas Kent.

—Yulia, no hay nada para ti ahí. Sal, cariño. No te haré nada, te lo prometo.

«¿Cariño?» Una chispa de rabia se enciende en mí, ahuyentando el frío de mi interior. ¿Tan idiota se cree que soy?

Doy un paso atrás, me giro y abro la puerta, Lucas tiene razón, no hay nada para mí en este baño aparte de recriminaciones y amargura. No puedo cambiar lo que ha pasado. No puedo negar el hecho de que he confiado en un hombre que no desea más que venganza.

Sin embargo, lo que sí puedo hacer es cambiar las tornas.

Cuando la puerta se abre, miro a Lucas y dejo que las lágrimas que me arden en los ojos caigan por fin.

6

Lucas

ESTÁ EN EL UMBRAL DE LA PUERTA, TAN PRECIOSA Y vulnerable que se me encoge el corazón. Tiene los ojos brillantes por las lágrimas y, cuando me acerco, rodea el torso desnudo con los brazos en un gesto defensivo.

—No, ven aquí, cariño. —Le abro los brazos y la atraigo hacia mí, mirándole las manos para asegurarme de que no está ocultando ningún arma. No importa lo frágil que parezca Yulia, no puedo olvidar que es una agente entrenada que ya ha intentado matarme.

Para mi alivio, está desarmada, así que la abrazo presionándola contra el pecho.

—Lo siento —le susurro acariciándole el pelo—. Lo siento mucho.

Sentir su piel desnuda contra la mía hace que se me altere el cuerpo de nuevo y tengo que concentrarme para ignorar la presión de sus pezones contra el pecho. No quiero que la lujuria me distraiga. No después de lo que me acabo de enterar.

Sé que estoy siendo irracional. No debería importarme que haya sido maltratada. Algunos de los individuos más retorcidos que conozco han tenido un pasado difícil y nunca he sentido que debiera darles ningún respiro. Si la cagaron, pagaron. Nadie tiene carta blanca conmigo; sin embargo, eso es lo que pretendo darle a ella.

El giro de 180 grados es tan repentino que quiero reírme de mí mismo. Ha estado aquí menos de veinticuatro horas y lo que tenía planeado para ella ya se ha convertido en humo. Supongo que debería haberlo esperado, dado que no me la he podido sacar de la mente en los últimos dos meses, pero la intensidad de mi necesidad y los inoportunos sentimientos que la acompañaban aún me desconcertaban.

«Mató a docenas de nuestros hombres y casi me mata a mí».

El pensamiento que siempre me ha enfadado ahora solo es el eco de la furia anterior. Solo estaba haciendo su trabajo, llevando a cabo la tarea que se le había encomendado. Siempre he sabido que no era nada personal, pero antes eso no me importaba. Ojo por ojo, así es como Esguerra y yo hemos trabajado siempre. Si nos traicionas, lo pagas.

Pero no quiero que Yulia pague más. Ya ha pasado suficiente. Primero, en la prisión rusa y, luego, en mis manos. En lugar de en ella, enfocaré mi venganza en aquellos que son los auténticos responsables: la agencia que le asignó esa tarea.

—Volvamos a la cama —le digo, echándome hacia atrás para mirarla. Ha dejado de temblar, aunque sigue teniendo la cara húmeda por las lágrimas—. Es temprano.

Ella niega bruscamente con la cabeza.

—No, no puedo dormir. Lo siento, pero no puedo.

—Está bien. —El sol está empezando a salir, así que no creo que sea un gran problema—. ¿Quieres comer algo?

Se separa de mí, retrocediendo un paso.

—¿Otro sándwich? —Su voz suena temblorosa, pero también hay un leve tono de diversión en ella.

—Tengo sopa —le digo, intentando no mirarle el cuerpo delgado y desnudo.

Parpadea.

—¿Qué clase de sopa?

—No estoy seguro. Olvidé mirar dentro de la olla antes de meterla en la nevera. Es de la casa de Esguerra. Su doncella me la dio anoche.

Una pequeña y sorprendente sonrisa se dibuja en los labios de Yulia.

—¿También te alimentan con sus restos?

—No. —Me río entre dientes ante ese golpe tan poco sutil—. Aunque ojalá lo hicieran. El ama de llaves de Esguerra es increíble en la cocina y yo no sé cocinar una mierda.

Yulia arquea las delicadas cejas.

—¿En serio? Yo sí sé.

—¿Cómo? —Estoy disfrutando de esas bromas tan inesperadas—. ¿Eso te enseñaron en la escuela de espías?

—No. Aprendí algunas recetas básicas cuando llegué por primera vez a Moscú. Vivía de una beca estudiantil, así que no tenía mucho dinero para comer fuera. Más tarde, descubrí que me gustaba cocinar y empecé a experimentar con recetas más avanzadas.

El recuerdo de la jodida naturaleza de su trabajo me destroza, incluso a pesar del buen estado de ánimo.

—¿No recibías un sueldo?

—¿Qué? —Parece sorprendida—. Por supuesto que sí. Me lo ingresaban en mi cuenta bancaria en Ucrania. No podía usar ese dinero, tenía que vivir como una estudiante, de lo contrario no habría pasado la verificación de antecedentes del Kremlin.

Por supuesto. Una vida clandestina en su máxima expresión.

—Está bien —digo obligándome a relajar el tono—. Vamos a probar la sopa. Tal vez más tarde puedas mostrarme tus habilidades culinarias.

LA SOPA QUE ME HA DADO ROSA ESTÁ DELICIOSA; LLEVA champiñones, arroz, frijoles y trozos de cordero.

Mientras comemos, observo a Yulia, preguntándome qué demonios voy a hacer con ella ahora. ¿Mantenerla desnuda y atada en mi casa para siempre?

Para mi sorpresa, la idea tiene cierto atractivo oscuro. Por primera vez, entiendo por qué Esguerra mantuvo a su esposa, Nora, en una isla privada durante los primeros quince meses de su relación. Es lo más seguro y aislado, el lugar perfecto para una mujer que no quiere estar necesariamente allí.

Si tuviera una isla, enviaría a Yulia ahí, con solo su pelo largo y rubio para cubrirse.

Su cuchara tintinea contra el tazón de cerámica (no tengo platos de plástico para la sopa) y me pongo en tensión mirándole la mano. Sin embargo, solo está comiendo. Parece concentrada en la comida.

A pesar de su actitud calmada, no me relajo. Va a intentar algo, estoy seguro. Puede que haya decidido no hacerla pagar, pero eso no significa que confíe en Yulia o que espere que ella confíe en mí. Incluso si le dijera que ya no planeo castigarla, no me creería. Si tuviera la oportunidad, escaparía al instante y el hecho de que esté siendo tan dócil me preocupa. Menos mal que tuve la precaución de guardar todas las armas de la casa en un baúl en el coche. Hubiera sido demasiado peligroso cuando la dejo comer desatada.

Desnuda y desatada.

Intento no distraerme con los pezones asomándole a través del pelo, pero es imposible. Debajo de la mesa, tengo la polla dura como una piedra. Me he tomado mi tiempo para ponerme unos pantalones y una camiseta antes de llevar a Yulia a la cocina, pero no le he dado nada de ropa a ella y estoy empezando a pensar que mantenerla desnuda no es una buena idea.

Como si escuchara mis pensamientos, Yulia se mete el pelo detrás de la oreja, moviéndolo y cubriéndose el pecho con él. Dejo escapar un suspiro de alivio y vuelvo a comer mientras la excitación disminuye lentamente.

—¿Sabes?, nunca me has contado lo que pasó con el avión —dice cuando se ha tomado ya la mitad de la sopa y veo que, a través de esos dóciles ojos azules, está estudiándome. Una vez más, recuerdo que estoy ante una profesional cualificada. Quizás me haya parecido débil tras la pesadilla, pero eso no significa que no tenga una reserva profunda de fuerza.

Debe tenerla, de lo contrario no habría podido hacer su trabajo tras el ataque brutal que sufrió.

—¿Te refieres a después de que nos dispararan el misil? —Aparto el tazón vacío hacia un lado. El hecho de que hable con tanta calma sobre el choque enciende de nuevo parte de mi ira y es lo único que puedo hacer para mantener la voz tranquila.

Yulia aprieta la cuchara con la mano, pero no se echa atrás.

—Sí, ¿cómo sobreviviste?

Respiro hondo. Por mucho que odie hablar de esto, quiero que Yulia sepa qué pasó.

—Nuestro avión estaba equipado con un escudo antimisiles, por lo que no fue un impacto directo —le digo—. El misil explotó fuera del avión, pero la onda expansiva fue tan amplia que dañó los motores e hizo que la parte trasera del avión se incendiara. —O al menos esa es la teoría que nuestros ingenieros han sugerido basándose en los restos del avión—. Nos estrellamos, pero pude pilotar el avión hacia unos árboles y arbustos pequeños que suavizaron un poco el aterrizaje.

Hago una pausa, tratando de mantener la rabia bajo control. Sin embargo, mi voz se endurece cuando digo:

—La mayoría de los hombres que iban en la parte de atrás no sobrevivieron, y los que lo hicieron están todavía en el hospital con quemaduras de tercer grado.

Se le pone la cara pálida cuando hablo.

—Entonces ¿tu jefe estaba delante contigo? —pregunta, bajando la cuchara—. ¿Así es como sobrevivisteis?

—Sí. —Tomo aliento para luchar contra los recuerdos—. Esguerra entró en la cabina del piloto para hablar conmigo justo antes de que sucediera.

Yulia arruga la frente por la tensión.

—Lucas, yo… —comienza a hablar, pero levanto la mano.

—No. —Mi tono es cortante como una navaja. Si ahora empieza a mentir, es posible que no pueda controlarme.

Se queda helada y mira a la mesa, guardando silencio al instante. Puedo sentir su miedo y me obligo a respirar y a aflojar las manos, que he cerrado inconscientemente en un puño sobre la mesa.

Cuando estoy seguro de que no voy a estallar, continúo:

—Así es, los dos estábamos en la parte delantera. Por eso, sobrevivimos —le digo con un tono más tranquilo—. Sin embargo, casi asesinan a Esguerra justo después. Al-Quadar se dio cuenta de que estaba en un hospital en Tashkent, no muy lejos de su fortaleza, y vinieron a por él.

Yulia levanta la cabeza de golpe con los ojos como platos.

—¿Los terroristas capturaron a tu jefe?

—Solo por un par de días. Lo recuperamos antes de que le hicieran demasiado daño. —No entro en detalles de la operación de rescate ni en cómo la esposa de Esguerra arriesgó su vida para salvarlo—. Su ojo fue la principal víctima.

—¿Perdió un ojo? —Parece aturdida y su reacción despierta en mí la vieja semilla de los celos.

—Sí. —La palabra sale con aspereza—. Pero no te preocupes, se hizo un implante, así que sigue siendo tan guapo como siempre. —Se queda de nuevo en silencio, mirando el tazón. Todavía está medio lleno, por eso digo bruscamente—: Come, se te está enfriando la sopa.

Yulia obedece, cogiendo la cuchara. Después de unas cuantas cucharadas, me mira de nuevo.

—Debe odiarme mucho —dice en voz baja—. Tu jefe, quiero decir.

Me encojo de hombros.

—No tanto como odia a Al-Quadar. O como los odiaba, debería decir.

Parpadea.

—¿Se han disuelto?

—Los eliminamos —digo, observando su reacción—. Así que sí, se han disuelto.

Se estremece con tanta sutileza que me lo habría perdido si no la hubiera estado mirando.

—¿A toda la organización? ¿A todas sus células? —Parece incrédula—. ¿Cómo es eso posible? ¿No han estado los gobiernos de todo el mundo persiguiéndolos durante años?

—Sí, pero los gobiernos siempre están… limitados. —Sonrío con gravedad—. Cuando intentas ser mejor que lo que estás persiguiendo, es difícil hacer lo que se necesita. Tienen las manos atadas por leyes y presupuestos, por la opinión pública y la democracia. Sus electores no quieren ver, en las noticias, historias sobre niños asesinados en ataques con aviones no tripulados o familiares de terroristas maltratados durante los interrogatorios. Un ligero ahogamiento y todo el mundo empieza a poner el grito en el cielo. Son demasiado débiles para esta lucha.

—Pero Esguerra y tú no. —Yulia suelta la cuchara con la mano temblorosa—. Estáis dispuestos a hacer lo que sea necesario.

—Sí, así es. —Veo en sus ojos cómo me juzga y me divierte. De alguna manera, mi espía sigue siendo demasiado inocente—. La fortaleza de Al-Quadar en Tayikistán era una de las últimas grandes células que quedaban y, desde allí, solo tuvimos que encontrar a las pocas que aún estaban dispersas por el mundo. No fue difícil una vez que utilizamos todos nuestros recursos.

Me mira fijamente.

—Ya veo.

—Cómete la sopa. —le recuerdo, viendo que ha vuelto a dejar de comer.

Yulia coge la cuchara y yo me levanto a por otro tazón. Cuando vuelvo a la mesa, veo que casi se ha terminado el suyo.

—¿Quieres más? —le pregunto y ella niega con la cabeza, dejándome, una vez más, echar un vistazo a los pezones.

—Estoy llena, gracias.

—Está bien. —Me obligo a empezar a comer, en lugar de mirarle fijamente los pechos. Cuando levanto la vista veo que tiene las rodillas flexionadas y las piernas envueltas fuertemente entre los brazos. Me pregunto si me habrá visto la lujuria en la cara y habrá recordado la pesadilla.

Pensar en eso, en lo que le sucedió a los quince años, me cabrea otra vez. Quiero desenterrar el cadáver de Kirill y hacerlo pedazos. Sé que manda cojones que me indigne por una violación cuando he hecho cosas que la mayoría de la gente consideraría mil veces peores, pero no puedo ser racional al respecto.

No puedo ser racional con ella.

—Lucas, entonces ¿qué te hizo decidir trabajar aquí? —pregunta Yulia, sacándome de mis pensamientos y me doy cuenta de que está tratando de tantearme, de entenderme mejor para manipularme. Puedo esquivar la pregunta, pero ella se abrió conmigo antes, así que creo que le debo algunas respuestas.

Un poco de honestidad no hará daño.

—Esguerra paga bien y es justo con su gente —le digo reclinándome en la silla—. ¿Qué más se puede pedir?

—¿Justo? —Yulia frunce el ceño—. Esa no es la reputación que tiene tu jefe. «Despiadado» es cómo la mayoría de la gente lo describiría, creo.

Me río, por alguna razón, divertido por el comentario..

—Sí, es un cabrón despiadado, de acuerdo. Sin embargo, normalmente cumple su palabra, lo que, desde mi punto de vista, lo hace justo.

—¿Por eso le eres leal? ¿Porque cumple su palabra?

—Entre otras cosas. —También aprecio la lealtad de Esguerra a sí mismo. Ha cuidado a la gente de esta finca después de la muerte de sus padres y eso es de admirar. Pero todo lo que le digo es—: Un salario de siete cifras ayuda, eso seguro.

Yulia me estudia y me pregunto qué ve. ¿Un mercenario amoral? ¿Un monstruo? ¿Un hombre como Kirill? Por alguna razón, esto último me molesta. Puede que no sea mucho mejor, pero no quiero que ella me vea así.

No quiero aparecer en sus pesadillas.

—Entonces ¿cuándo conociste a Esguerra? —me pregunta; aún trata de recopilar información—. ¿Cómo terminaste trabajando para él?

—¿No te lo han contado? —Me imagino que le deben de haber informado ampliamente sobre mi jefe, ya que él era su asignación original. Y posiblemente sobre mí, ya que lo acompañaba.

—No —responde Yulia—. Eso no estaba en ninguno de vuestros expedientes.

Así que estuvo investigando sobre nosotros.

—¿Qué había en mi expediente? —pregunto curioso.

—Solo lo básico. La edad, dónde fuiste a la escuela, ese tipo de cosas. —Se detiene—. La baja de la marina.

Por supuesto, no debería sorprenderme que lo sepa.

—¿Algo más?

—En realidad no. —Hace una pausa de nuevo. Luego, dice en voz baja—: Ni siquiera mencionó si estás casado o si tienes algún tipo de relación.

Noto un calor peculiar en el pecho. Empujo el cuenco vacío a un lado y me inclino hacia delante para apoyar los antebrazos en la mesa.

—No lo estoy —le digo, respondiendo a su pregunta —. De hecho, desde Moscú, no he estado con nadie salvo contigo.

Yulia me lanza una mirada ilegible.

—¿No?

—No. —No me molesto en explicar que he estado demasiado obsesionado con ella para pensar en otra mujer.

Al levantarme, llevo los cuencos vacíos al fregadero. Luego, me giro para mirarla.

—Vamos, bonita. El desayuno ha terminado.

ulia

MIENTRAS LUCAS ME LLEVA AL SALÓN, REFLEXIONO sobre lo que acabo de descubrir. Lo que me ha contado Lucas sobre Al-Quadar encaja perfectamente con la información que había en el archivo de Esguerra. El jefe de Lucas no tiene piedad con sus enemigos y yo soy uno de ellos.

Por muchas razones, ya debería haber sido asesinada de una forma espantosa. Sin embargo, sigo viva, bien alimentada y sin sufrir ningún daño. Ahora que puedo pensar con mayor claridad, me doy cuenta de que la decisión de Lucas de manipularme emocionalmente, en lugar de torturarme físicamente, es un golpe de suerte increíble. Puede que tenga los sentimientos heridos, pero mi cuerpo sigue entero, salvo algún daño menor. Sé que está jugando conmigo, pero es posible que al menos parte de su juego sea real.

Es posible que el deseo que siente por mí sea temporalmente más fuerte que su odio.

He puesto a prueba esta teoría cuando he vuelto del baño, mostrando primero vulnerabilidad y luego siendo amable de manera sutil. Cuando mi captor ha respondido bien a eso, le he preguntado sobre el accidente aéreo, un tema que con anterioridad le había alterado. Que no me haya atacado, que hayamos conversado de verdad, contándome algo de su vida, es más que alentador.

Eso significa que quizás parte de la compasión que ha mostrado antes sea genuina.

Sintiéndome esperanzada, miro a Lucas mientras camina a mi lado. Tiene un nuevo rollo de cuerda entre las manos y, cuando nos detenemos delante de la silla donde me tenía atada antes, hago lo que puedo por adoptar una expresión vulnerable.

—¿De verdad necesitas que esté desnuda? —pregunto, dejando que me brillen los ojos por las lágrimas. Es fácil hacer que aparezcan; mis emociones todavía oscilan del dolor a la ira, pasando por el persistente anhelo de consuelo—. Hace frío cuando se enciende el aire acondicionado.

Duda, por lo que le lanzo una mirada desesperada y suplicante. Solo estoy actuando a medias. La ropa es un detalle pequeño, pero estar vestida me haría sentir más humana. Sin embargo, lo más importante es que, si

Lucas me concediera esta petición, sabría que la estrategia de jugar con sus emociones está funcionando.

—De acuerdo —cede como esperaba—, ven conmigo. —Dejando la cuerda en la silla, me coge del brazo y me lleva a la habitación—. Toma. —Me pasa una camiseta—. Puedes ponerte esto por ahora.

Intentando ocultar mi alivio eufórico, acepto la prenda de ropa y me la meto por la cabeza, notando el deseo en los ojos de Lucas mientras me observa hacerlo. Es una camiseta de hombre, su camiseta, y es lo suficientemente larga para cubrirme hasta la mitad del muslo.

—De acuerdo, vamos —dice cuando ya estoy vestida y me lleva de vuelta a la silla.

Mientras me ata, le miro las manos grandes y morenas enrollándome la cuerda alrededor de los tobillos y me pregunto si habrá sentido el mismo hormigueo eléctrico que yo.

Es una putada que todavía me guste, pero puede que eso me ayude a escapar.

Quizás facilite esta nueva dinámica más agradable entre nosotros.

Cuando ha terminado de atarme, Lucas se levanta y dice:

—Tengo que hacer algunas cosas. Volveré en unas horas.

—Vale, perfecto —digo, poniendo cara de póker.

Me dedica una larga mirada, se va y una sonrisa de alivio se me extiende por la cara.

Después de un rato, el sentimiento de entusiasmo ha desaparecido, siendo reemplazado por una combinación de aburrimiento e incomodidad. Noto la silla dura bajo el culo y las cuerdas se me clavan en la piel cada vez que intento cambiar de posición. Los minutos empiezan a estirarse, pasando lentamente y de forma monótona. Sigo mirando por la ventana, esperando a que la chica misteriosa vuelva, pero no lo hace. Solo aparece, ocasionalmente, un lagarto que corre por la ventana.

Suspirando, bajo la vista y medito sobre otro detalle que me ha dado esperanzas.

Si Lucas no me ha mentido, mi visitante morena no era su novia.

Ese dato es como un bálsamo para mis destrozados sentimientos. No sé por qué me importa si Lucas está soltero, casado o follando con un puñado de mujeres, pero que él no esté engañando a esa chica conmigo me hace sentir mejor sobre lo que ocurrió anoche. No perjudiqué a otra mujer. Lo que esté pasando entre Lucas y yo es tan solo entre los dos. Nadie más va a salir malparado.

Por supuesto, tengo que admitir la posibilidad de que me haya mentido, que todo esto sea parte de su técnica de interrogatorio, pero me inclino a creerle. No hay signos de la presencia de una mujer en esta casa: no hay decoración, cuadros, secador ni productos femeninos en el baño.

Este lugar es la casa de un soltero, empezando por el frigorífico medio vacío. Si no hubiese estado tan aterrorizada y cansada ayer, me habría dado cuenta de ese dato obvio.

Bostezando, miro por la ventana otra vez. Un lagarto vuelve a pasar corriendo. Lo veo y pienso en cómo se estará ahí fuera, en la jungla, más allá de estos muros. Cada parte de mí anhela estar ahí, sentir el cálido sol en la piel y oír el canto de los pájaros.

Lo poco que percibí ayer no ha sido suficiente.

Quiero estar fuera.

Quiero ser libre.

«Pronto», me prometo a mí misma, moviéndome en la dura silla. Ahora entiendo el juego de Lucas y puedo jugar yo también. Seré su muñeca sexual tanto tiempo como se sienta atraído por mí y, mientras, pareceré débil y predispuesta. Le contaré todo excepto la información que está buscando y dejaré que piense que está sacándome secretos, que su suave interrogatorio está funcionando. De esta forma, no pasará a métodos más duros durante un tiempo, lo que utilizaré para formular un plan de huida, algo más prometedor que un ataque desesperado con un cepillo de dientes roto.

También trabajaré en afianzar la unión con Lucas.

Síndrome de Lima. Así llaman los científicos al fenómeno psicológico por el cual el captor simpatiza tanto con el cautivo que lo libera. Lo estudié durante el entrenamiento, dado que había una alta probabilidad de que me capturasen algún día. El síndrome de Lima no es tan común como su contrario, el síndrome de Estocolmo, donde el cautivo se enamora de su captor o captora, pero sucede. No soy tan estúpida como para pensar que seré capaz de hacer que Lucas me suelte, pero es posible que pueda conseguir que baje la guardia y hacer pequeñas cosas que me permitan una huida más fácil.

Como dejar que me ponga ropa.

Bostezo otra vez y veo a otro lagarto correr a través de la ventana e imagino que soy pequeña y verde. Lo suficientemente pequeña para soltarme de mi atadura y deslizarme a través de la ventilación. Si pudiera hacer eso, sería la mejor espía del mundo.

Es un pensamiento estúpido, pero me reconforta, apartando de mi mente lo que me espera si mi plan falla. Los párpados se me vuelven cada vez más pesados, pero no me resisto. Mientras cabeceo, sueño con pequeños lagartos verdes y con mi hermano pequeño, quien se ríe y los persigue por la selva.

Es el mejor sueño que he tenido en años.

—Yulia.

Me despierto de inmediato, con el corazón sobresaltado, y miro hacia arriba.

Lucas ha vuelto y no está solo. Además de mi captor, hay un hombre bajito que se está quedando calvo de pie frente a mí. Me mira a través de los ojos marrones con una curiosidad indiferente. Lleva ropa informal, pero el maletín de la mano parece ser un equipo médico.

Se me encoge el estómago. Estaba equivocada sobre que Lucas esperaría para usar métodos más duros.

Antes de que entre en pánico, el hombre bajito me sonríe.

—Hola —dice—, soy el Doctor Goldberg. Si no te importa, me gustaría examinarte.

«¿Examinarme?».

—Para estar seguros de que no estás herida —explica el doctor, sin duda leyendo mi expresión confusa—. Si no te importa, claro.

De acuerdo, vale. Respiro profundamente, calmando el miedo.

—Sí. Adelante.

Estoy atada a una silla y solo llevo puesta una camiseta de Lucas ¿Y el hombre preguntándome si me importaría que me hiciera un examen médico? ¿Qué haría si dijese que sí me importa? ¿Disculparse por la intrusión e irse?

Aparentemente ajeno al sarcasmo en mi voz, el doctor se gira hacia Lucas y dice:

—Me gustaría que desataras a la paciente, si es posible.

Lucas frunce el ceño, pero se pone de rodillas frente a mí y empieza a trabajar en la cuerda alrededor de los tobillos. Mirando al doctor, dice de forma tensa:

—Voy a quedarme aquí. Es muy creativa con las cosas de la casa.

—Pero…

Con una mirada severa de Lucas, el doctor se queda en silencio. Lucas termina de desatarme los tobillos y se mueve a mi alrededor para soltarme las manos. Muevo los pies con discreción, recuperando la circulación, y pienso con anhelo en el baño.

No sé cuánto tiempo he estado atada, pero mi vejiga está convencida de que ha sido una eternidad.

—Necesito hacer pis —le digo a Lucas, pensando que no tengo nada que perder por ser honesta—. ¿Puedo ir al baño antes del examen?

Lucas frunce el ceño aún más, pero asiente de forma brusca.

—Vamos —dice cuando ha terminado con la cuerda.

Me coge del brazo y tira de mí. Me agarra con la misma fuerza que cuando llegué. Sorprendida, casi tropiezo mientras me arrastra por el pasillo. La gentileza de esta mañana ya no se ve por ningún lado.

Mi ansiedad vuelve. ¿Estaba equivocada sobre él o ha pasado algo? ¿Este examen tendrá algo que ver con eso?

Antes de que pueda analizar el alarmante comportamiento de mi captor, me empuja dentro del baño y dice con aspereza:

—Tienes un minuto. Ni un segundo más.

Y, con eso último, cierra la puerta de un portazo.

8

*L*ucas

CUANDO TRAIGO A YULIA DE VUELTA AL SALÓN, Goldberg hace que se quede de pie mientras le toma el pulso y le escucha la respiración con un estetoscopio.

—Bien, bien —murmura entre dientes, apuntando algo en el cuaderno.

Se agacha mirándole el moratón que tiene en la rodilla y Yulia me lanza una mirada ansiosa. Veo que quiere respuestas, pero no la puedo tranquilizar.

No quiero que el médico sepa cuánto me he ablandado con mi rehén.

Después de un minuto, Goldberg para y sonríe a Yulia.

—Solo un par de moratones y rasguños —dice

alegremente—. Pesas menos de lo que deberías y estás un poco malnutrida, pero eso se debería arreglar con un par de comidas. Me gustaría sacarte un poco de sangre, si no te importa. Siéntate, por favor.

Señala el sofá, y Yulia me mira de nuevo.

—Siéntate —gruño, haciendo lo posible por ignorar la mirada angustiada en su cara mientras obedece.

Goldberg saca un par de guantes de látex y una jeringuilla enganchada a un frasco.

—No dolerá mucho —le promete.

Me pregunto si intenta compensar mi duro comportamiento. Normalmente no es amable con los guardias, pero ellos no tienen la frágil belleza que tiene Yulia.

No hace ningún movimiento ni sonido cuando la aguja se le hunde en la piel, y mantiene una expresión estoica. Yo, en cambio, tengo que luchar contra una rabia irracional que me hace querer apartar a Goldberg de ella.

Odio ver que alguien le hace daño, aunque sea un médico que he traído yo mismo.

—Hemos terminado —dice Goldberg mientas saca la aguja y aprieta una pequeña gasa estéril contra la herida—. Lo llevaré al laboratorio para analizarlo. Ahora solo una cosa más…

Me mira pidiéndome permiso y respondo con un breve asentimiento de cabeza.

No voy a dejarle a solas con Yulia. Tendrá que examinarla aquí, conmigo presente.

Goldberg suspira y vuelve a centrarse en ella.

—Tengo que hacerte un examen ginecológico —dice disculpándose—. Para asegurarme de que estás bien.

—¿Qué? —Los ojos de Yulia se abren de par en par—. ¿Por qué?

—Hazlo —le digo con el tono más severo que puedo.

No le voy a explicar que estoy preocupado por si anoche le hice daño con mi brutalidad. Estaba húmeda, pero eso no significa que no le haya hecho un desgarro o que no le haya causado moratones internos.

Se ruboriza mientras que se tumba en el sofá, obedeciendo las instrucciones de Goldberg. Mientras el médico le levanta la camiseta y saca el espéculo, me esfuerzo por quedarme quieto en lugar de atacar al hombre para que no la toque. Goldberg es gay, pero, aun así, verle con las manos sobre ella despierta algo salvaje en mi interior; algo que me hace querer matar a cualquier hombre que quiera tocar lo que es mío.

El examen dura menos de un minuto. Vigilo cuidadosamente que Yulia no le haga nada al médico, pero se queda quieta, con las rodillas dobladas y la mirada fija en el techo. Solo la traicionan las manos, que muestran su nerviosismo al estar apretadas con tanta fuerza a cada lado de su cuerpo que tiene los nudillos blancos.

Cuando Goldberg termina, le baja con mucho cuidado la camiseta y se aleja.

—Ya hemos terminado —dice dirigiéndose a los dos—. Todo parece estar bien. El DIU está en su sitio, así que no hay nada de qué preocuparse. —«¿DIU?» Le miro con el ceño fruncido, pero ya ha empezado a explicar qué es—. Es un aparato anticonceptivo intrauterino. Control de natalidad.

—Entiendo.

La miro con especulación. Si está protegida y el médico cree que está sana, podré follar con ella sin preservativo.

Se me estremece la polla al instante por la excitación.

Se incorpora en el sofá, mirando fijamente hacia adelante y observo que aún tiene las mejillas encendidas. Quiero cogerla entre los brazos y asegurarle que todo va a ir bien, que no lo hago para humillarla, pero no es el momento.

Para el médico, es una prisionera a la que detesto y tengo que tratarla como tal.

Después de darle las gracias a Goldberg, le acompaño fuera y vuelvo al salón, donde Yulia sigue sentada en el sofá. Tiene la cara del color de la porcelana, pero todavía le brillan los ojos. Está molesta, lo siento, aunque en el exterior aparente calma.

—Yulia. —Según me acerco, mira en otra dirección, con el pelo ondulado cayéndole por la espalda como una nube dorada—. Yulia, ven aquí.

No responde, ni siquiera cuando la cojo y tiro de ella, obligándola a que se ponga de pie y me mire. No lo hace, tiene los ojos fijos en algo que hay sobre mi oreja derecha.

Molesto, le cojo de la barbilla, girándole la cara para que no tenga más opción que cruzar la mirada conmigo.

—Necesitaba asegurarme de que estás bien —digo con dureza. Aún me fastidia sentir esto por ella, que quiera curarla y mantenerla a salvo en vez de hacerle daño. Esta obsesión es mi debilidad, y no puedo evitar mascullar con un tono lleno de rabia—. Podrías haber tenido daños internos.

Empequeñece los ojos:

—Eso es una gilipollez, solo querías asegurarte de qué no tenías que ponerte condón.

Su acusación se acerca tanto a lo que he pensado antes que, por un segundo, me pregunto si lo he dicho en alto.

Debe habérseme reflejado algo en el rostro porque Yulia deja escapar una carcajada seca.

—Sí, exacto.

—No es por eso…

Me detengo. No le debo ninguna explicación. Si quiero que la examinen para poder follármela sin condón, estoy en mi derecho. Quizás no tenga planeado torturarla más, pero eso no significa que me haya olvidado de lo que ha hecho. Por sus actos, ahora se encuentra en esta situación y es mía.

Me pertenece para bien o para mal.

—Estoy limpio —digo. Un hombre bueno, sin duda, la dejaría en paz después de lo que me contó, pero yo no soy de ese tipo de hombres. La deseo demasiado como para negármela a mí mismo—. Me hicieron un análisis de sangre después del accidente y estoy sano.

Se le tensa la mandíbula.

—Enhorabuena.

El sarcasmo que le impregna la voz me pone los pelos de punta, pero a la vez me pone cachondo. Todo en esta chica es tan contradictorio que parece diseñada para volverme loco. Obediente pero desafiante, frágil pero fuerte. Un segundo quiero destruirla, haciendo que reconozca que me necesita, y, al siguiente, quiero envolverla en un capullo para asegurarme de que no le pase nada malo nunca más.

Lo único que no quiero hacer es dejarla ir.

—Lucas. —Parece inquieta mientras la atraigo hacia mí—. Espera, yo...

La interrumpo posando la boca sobre la suya. Le cojo por la nuca con una mano y, con la otra, le agarro de la cintura mientras que la pego contra mí. Se me tensan los huevos a la vez que empujo la polla dura contra su barriga plana mientras mi deseo, siempre presente, crece de manera incontrolable. Rozo la lengua contra sus labios, sintiendo una sensación suave y, después, me cuelo en la boca, invadiendo su cálida y deliciosa profundidad. Como respuesta, gime y me agarra los costados con las manos. Me deleito con ese sonido, sintiendo como su cuerpo esbelto se relaja y derrite contra el mío.

Mierda, la deseo. Cada centímetro de su cuerpo, de la cabeza a los pies. Está mal, joder, muy mal y es inapropiado, pero no puedo detenerme. El hambre que me quema por dentro está ganando a los pocos escrúpulos que me quedan. Sé que soy un cabrón por coaccionarla después de todo por lo que ha pasado, pero no puedo alejarme. Quizás, si ella no me deseara, sería distinto, pero lo hace. Incluso a través de nuestras dos capas de ropa, siento los pezones presionando contra mi pecho y me deleito con su dulce respuesta cuando, con avidez, mientras responde enrosca la lengua con la mía. No me aparta; en todo caso, intenta acercarse más. Mis ansias sin sentido me sobrepasan y mi parte más salvaje toma el control.

No sé cómo acabamos en el sofá, pero me encuentro apoyado sobre uno de los codos, encima de ella, con su camiseta enrollada alrededor de su cintura, mientras le recorro con la mano libre el cuerpo hasta llegar abajo y acariciarle la entrepierna. Ya está húmeda, siento los pliegues suaves y calientes, mientras le introduzco dos dedos, abriendo camino para la polla. A la vez, muevo la palma de la mano contra los pliegues, presionándole el clítoris. Se le contraen las paredes interiores alrededor de los dedos mientras gime mi nombre, con el cuello arqueado y arañándome la espalda con las uñas hasta que ya no puedo esperar más.

Saco los dedos y abro la cremallera de los pantalones para dejar libre mi dolorosa erección, y la empujo dentro de su húmeda calidez.

Es como entrar en el cielo. En algún lugar de mi mente, una alarma suena recordándome que me ponga un condón, pero es demasiado tarde para retirarme. Su interior me envuelve de forma perfecta, tan suave y estrecho que no puedo evitarlo y la penetro hasta el fondo. Grita, arqueada debajo de mí y, bajo la cabeza para besarla, capturando ese sonido mientras absorbo su sabor y su olor, disfrutando del placer sensorial de poseerla y hacerla mía.

«Mía, es mía». La satisfacción que me ofrece este pensamiento es primitiva y profunda y no tiene que ver con la lógica ni con la razón. He follado con docenas de mujeres sin que haya querido tenerlas, pero eso es lo que quiero hacer con ella. Follar con Yulia es más que simple sexo.

Es atarla a mí, unirla tanto a mí que jamás pueda irse.

Levanto la cabeza y la miro mientras la polla me palpita en la profundidad de su cuerpo. Tiene los ojos cerrados, los labios hinchados por los besos y su piel brilla con un color cálido.

Hostia puta, es la cosa más sexi que he visto nunca y es mía.

—Yulia.

Abre los ojos, y me doy cuenta de que he dicho su nombre en alto. Tiene la mirada perdida, con las pupilas dilatadas mientras me observa. Parece aturdida, desorientada por la misma necesidad que me quema las entrañas y esta imagen atenúa mi deseo salvaje, haciendo que sienta una ternura extraña.

Bajo la cabeza, capturo su boca de nuevo y me trago sus gemidos mientras empiezo a empujar hacia dentro y hacia fuera, moviéndome muy despacio para poder sentir cada centímetro de esa estrecha calidez. Nunca he follado sin condón y la sensación es increíble. Tiene el coño blando y suave, una funda delicada que parece estar hecha para mí. Me agarra con las paredes internas, abrazándome con una humedad cremosa mientras me deslizo hacia dentro y hacia fuera y me concentro en las leves claves de su respiración para entender su respuesta.

El hambre posesivo y primitivo que se hizo conmigo antes sigue ahí, pero ahora me frena la necesitad de complacerla, la necesidad de demostrarle una fracción del éxtasis que ella me hace sentir. Continúo penetrándola con un ritmo lento y constante y paso la boca de los labios al cuello. Mordisqueo su piel suave y sensible. A la vez, deslizo la mano bajo la camiseta para cogerle un pecho.

—Lucas. Dios, Lucas…

Mi nombre es una súplica sin aliento entre sus labios mientras le rozo el cuello con los dientes y le cojo un pezón entre los dedos, pellizcándolo levemente. Se retuerce por la necesidad, envolviéndome la cadera con las piernas para que la penetre más mientras me agarra los costados con las manos. Siento su cuerpo temblar como un muelle a punto de saltar y empiezo a aumentar la velocidad sintiendo que está cerca.

Cuando alcanza el orgasmo, noto como si un terremoto me atravesara el cuerpo. Se tensa, arqueándose debajo de mí con un grito y mueve los músculos internos alrededor de mi polla. La presión es tan grande que me lleva al límite. Se me contraen los huevos y, después, el orgasmo me invade y un placer oscuro e intenso me inunda con su poder.

Gimiendo, la penetro más profundamente y la abrazo con fuerza mientras que mi semen explota dentro de su calidez, que no para de contraerse.

9

Yulia

RESPIRANDO HONDO, ME QUEDO TUMBADA BAJO LUCAS, con el corazón latiéndome con fuerza debido a lo devastador que es el sexo con mi captor.

¿Por qué siempre es así con él, con este hombre difícil y peligroso que me odia? No soy para nada inexperta. He sobrevivido al sexo en su estado más horrendo, pero también he conocido versiones más placenteras. En mi segunda misión, Vladimir Vashkov, un enlace del FSB de cuarenta y pocos años, se enorgullecía de ser un buen amante y me mostró lo que era un orgasmo de verdad, enseñándome el arte de la excitación y el placer. Pensé que a partir de ese momento podría con cualquier cosa en la cama, pero estaba equivocada.

No puedo con Lucas Kent.

Quizás habría sido mejor que me hubiera follado de manera brusca otra vez. Lujuria, una lujuria cruel, es lo que esperaba cuando me atrajo hacia él. Al principio, ha sido eso lo que ha hecho, besándome por la fuerza, usando las reacciones de mi cuerpo para anular mis defensas. Estaba preparada para eso después de la última vez, pero no para su ternura.

No esperaba que me tratara como si le importase.

—Yulia.

Levanta la cabeza y me mira, se me encienden las mejillas cuando se cruzan nuestras miradas. Con la niebla de la lujuria desvaneciéndose, soy consciente que aún está muy dentro de mí y que le estoy sujetando con las piernas apretadas alrededor de la cadera de forma que no puede moverse.

Mi rubor se intensifica mientras separo los tobillos y bajo las piernas. También separo las manos de los costados para alejarlo en lugar de apretarlo contra mí. No puedo jugar al juego de Lucas ahora mismo. Parece demasiado real.

Se inclina para rozarme los labios con los suyos y sale de mí con suavidad. Mientras se retira, siento una cálida humedad pegajosa entre los muslos.

Su semen.

Me ha follado sin condón después de todo.

Una amargura irracional me sobreviene, borrando cualquier resto del destello poscoital.

—Deberías haber esperado los resultados del análisis de sangre —digo bajándome la camiseta mientras Lucas se aparta de mí y se levanta del sofá. Juntando las piernas, lo miro con dureza—. Tengo SIDA y sífilis, ¿sabes?

—¿Sí? —Parece divertido más que preocupado, mientras se guarda la polla y se abrocha la cremallera de los vaqueros. Le brillan los ojos mientras me observa—. ¿Alguna cosa más? ¿Quizás gonorrea?

—No, solo herpes y clamidia. —Le sonrío de manera dulce, apoyándome en el codo—. Lo veras pronto cuando lleguen los resultados de los análisis. Ahora, ¿puedes traerme pañuelos o una toalla? No quisiera mancharte la moqueta.

Para mi decepción, no me sigue el juego. En vez de eso, se ríe y desaparece en la cocina antes de volver con servilletas de papel.

—Aquí tienes —dice, dándomelas.

Observa con obvio interés cómo me incorporo para limpiarme la humedad de los muslos, haciendo lo posible por mantenerme tapada con la camiseta.

—Buen trabajo —dice—. Bien, ¿tienes hambre? Creo que es hora de un segundo desayuno.

Frunzo el ceño, un poco frustrada, porque él esté tan tranquilo. No sé por qué quiero echar más leña al fuego, pero lo quiero. Ódio lo que me ha hecho. esa exploración impersonal del médico ha sido humillante y deshumanizadora, y que, después, me haya soltado ese cuento de las posibles heridas que pudiera tener, como si no viera más allá de su mentira, como si no supiera que seré su muñeca sexual el tiempo que él desee.

—No tengo hambre —digo, pero me doy cuenta enseguida de que es mentira. Mi cuerpo está deseando ingerir calorías después de pasar hambre durante tanto tiempo—. Espera, no, en realidad…Antes de que termine la frase, oigo un zumbido y Lucas mete la mano en el bolsillo. Saca el teléfono, lo mira y masculla una palabrota.

—¿Qué pasa? —pregunto, pero ya me está sujetando del brazo y levantándome del sofá.

—Esguerra me necesita —dice mientras me lleva por el pasillo—. Usa el baño si quieres, tengo que atarte de nuevo. Comeremos cuando vuelva.

Y así reaparece mi captor sin sentimientos.

Lucas

JULIAN ESGUERRA ESTÁ EN SU OFICINA CUANDO ENTRO, con las pantallas planas reproduciendo noticias de todos los rincones del mundo. Me fijo en el canal de Bloomberg, donde un reconocido economista predice otro desplome de la bolsa. Quizás sea el momento de contactar con mi gestor de inversiones.

Paso al lado de una mesa ovalada de conferencias, acercándome al ancho escritorio de Esguerra, lleno de pantallas de ordenador. Está hablando por teléfono y me indica que me siente en una de las sillas de cuero de lujo. Lo hago y espero a que termine de hablar. Oigo que menciona algo de la seguridad de la frontera de

Israel, por lo que deduzco que está hablando con su contacto del Mossad, la agencia de inteligencia israelí.

Después de un minuto, Esguerra cuelga y se centra en mí.

—¿Cómo va el interrogatorio? —pregunta—. ¿Algún progreso?

—Poco —digo encogiéndome de hombros—. Nada que merezca la pena mencionar aún.

Normalmente, no tengo secretos para mi jefe, pero no quiero hablarle de Yulia, no hasta que sepa la mejor manera de afrontar el tema. De todas las personas de la instalación, es el único con poder para alejarla de mí, lo que significa que debo tener cuidado. Esguerra tiene una reputación bien merecida.

—Bueno. —Parece satisfecho con mi respuesta—. Ahora, la razón por la que te he llamado…

—Un asunto urgente de seguridad, has dicho.

—Sí. —Se reclina entrelazando los dedos detrás de la cabeza—. Nora y yo vamos a viajar a Estados Unidos para visitar a su familia. Quiero que te asegures de que tanto nosotros como ellos estemos totalmente protegidos durante todo el tiempo.

—¿Vas a visitar a los padres de tu esposa en Oak Lawn?

Estoy convencido de que lo he oído mal, pero asiente.

—Pasaremos allí dos semanas —contesta—. Y quiero que la seguridad sea excelente.

—Vale —digo.

Estoy bastante seguro de que Esguerra ha perdido

la cabeza, pero no soy quién para decírselo. Si quiere entrar en un país donde técnicamente lo busca el FBI y pasar dos semanas con los padres de la chica a la que raptó, con la que se casó y a la que dejó embarazada, es cosa suya.

Mi trabajo es asegurar que lo pueda hacer con seguridad.

—Los novatos están bastante avanzados con el entrenamiento, así que podemos llevarnos a algunos hombres con más experiencia —digo, pensando en alto—. Con dos docenas debería ser suficiente.

—Eso suena bastante bien. Además, quiero un par de vehículos blindados y una buena cantidad de munición.

Asiento mientras pienso en toda la logística necesaria. Algunos pensarían que Esguerra está siendo paranoico, ya que casi no se necesitan coches blindados en los suburbios de Chicago, pero no puedo culparle por ser cauteloso. Quizás hayamos acabado con Al-Quadar por el momento, pero hay muchos otros a los que les encantaría ponerles las manos encima a él y a su joven y preciosa esposa.

—Haré todas las gestiones necesarias —digo mientras siento una opresión en el pecho al darme cuenta de todo lo que conllevará.

Durante dos semanas enteras, voy a estar separado de mi rehén.

—¿Cuánto tiempo crees que se tardarás en prepararlo todo? —pregunta Esguerra—. Nora terminará los exámenes dentro de semana y media.

—Creo que dos semanas. —Dos semanas más en las que seguiré teniendo a Yulia—. Conseguir los coches y las armas lleva su tiempo, especialmente si no queremos disparar las alarmas del FBI o de la CIA.

—Bien pensado, definitivamente no queremos eso. —Separa las manos de detrás de la cabeza y se inclina hacia delante—. Vale, dos semanas estará bien. Gracias.

Inclino la cabeza y me pongo de pie para irme y empezar a hacer las llamadas necesarias, pero antes de girarme, Esguerra me dice:

—Lucas, una cosa más.

Me paro y noto algo en la voz que me llama la atención:

—¿Qué?

—No sé si lo sabes, pero mi esposa y su amiga vieron a Yulia Tzakova en tu casa ayer por la mañana. Nora me lo ha contado hoy.

—¿Qué? —Es lo último que esperaba que me dijera —. ¿Por qué estaban Nora y su amiga...? Espera, ¿qué amiga?

—Rosa, nuestra criada —dice Esguerra—. Se han hecho muy buenas amigas en los últimos meses. No sé qué hacían allí, pero cerciórate de que la casa es segura. —Hace una pausa y me dedica una mirada sombría—. No quiero que se exponga a nada que le pueda perturbar en su estado. ¿Entiendes?

—Perfectamente —digo con voz tranquila—, estaré alerta por si aparecen más visitantes, lo prometo.

La próxima vez que vea a la criada de Esguerra, voy a tener una pequeña charla con ella.

ulia

—Hola.

Un golpecito en la ventana llama mi atención. Asustada, levanto la vista y veo a la joven de pelo oscuro de antes, la que creía que era la novia de Lucas.

—Hola —repite con la nariz pegada contra la ventana—. ¿Cómo te llamas?

—Soy Yulia —le contesto, pensando que no tengo nada que perder por hablar con la chica. Al menos esta vez no estoy desnuda—. ¿Quién eres?

—Yulia —repite, como si estuviera memorizando mi nombre—. Eres la espía que causó el accidente de avión —dice más como una afirmación que como una pregunta.

La miro en silencio, intentando ocultar lo que estoy pensando. No tengo ni idea de quién es o de lo que quiere de mí y no voy a decir nada que me pueda causar problemas.

Asiente, como si estuviera satisfecha al no recibir respuesta por mi parte.

—¿Por qué te trajo Lucas aquí?

En lugar de responder, digo:

—¿Quién eres? ¿Qué quieres?

No espero que responda, pero lo hace:

—Me llamo Rosa. Trabajo en la casa principal.

Su nombre me resulta familiar. Frunzo el ceño y, de repente, lo recuerdo. Lucas la mencionó esta mañana. Debe ser la que le dio esa olla de sopa.

—¿Qué quieres? —pregunto, estudiándola.

—No lo sé. —Su respuesta me sorprende—. Supongo que solo quería verte.

Parpadeo.

—¿Por qué?

—Porque mataste a todos esos guardias y casi matas a Lucas y a Julian. —Su expresión no cambia, pero escucho como se le tensa la voz—. Y porque, por alguna razón, Lucas te tiene en su casa en lugar de colgada en el cobertizo donde llevan a los traidores como tú.

Así que tengo razón al ser cautelosa. La chica me odia por lo que sucedió y posiblemente sienta algo por Lucas.

—¿Te gusta? —le pregunto, decidiendo ser sincera—. ¿Por eso estás aquí?

Se ruboriza.

—No es asunto tuyo.

—Estás aquí observándome, así que sí es asunto mío —señalo divertida. La chica será solo un poco más joven que yo, pero parece tan ingenua que es como si nos separasen décadas en lugar de años.

Rosa me mira fijamente, empequeñeciendo los ojos.

—Sí, tienes razón —dice después de un rato—. No debería estar aquí.

Se gira rápidamente y la pierdo de vista.

—¡Rosa, espera! —grito, pero ya se ha ido.

PASAN AL MENOS DOS HORAS HASTA QUE VUELVE LUCAS y, para entonces, tengo el estómago tan vacío que me duele. Según el reloj de la pared, es la una de la tarde cuando se abre la puerta, lo que significa que han pasado siete horas desde que desayuné la sopa de Rosa.

A pesar del hambre, un cosquilleo me recorre la piel cuando Lucas se acerca, caminando con los andares atléticos y flexibles de un guerrero. Como ayer, lleva unos vaqueros y una camiseta sin mangas y su cuerpo parece increíblemente fuerte. Los músculos bien definidos se flexionan con cada movimiento. Me recuerda de nuevo a un antiguo héroe eslavo, aunque compararlo con un invasor vikingo probablemente sería más acertado.

—Déjame adivinar —dice arrodillándose frente a

mí, mirándome con sus ojos azul grisáceo—. Tienes hambre.

—No me importaría comer —contesto mientras me desata los tobillos. Tampoco me importaría entretenerme con otra cosa que no sea observar a las lagartijas ni tener una silla más cómoda, pero no voy a quejarme por nimiedades. Después de haber estado en la prisión rusa, mi alojamiento actual es un lujo.

Lucas se ríe poniéndose de pie y camina a mi alrededor para soltarme los brazos.

—Sí, supongo que no te importaría. —Noto las grandes y cálidas manos en la piel mientras deshace los nudos—. Puedo escuchar cómo te ruge el estómago desde aquí.

—Es lo que suele pasar cuando no como —le digo con una sonrisa inexplicable en los labios. Intento contenerla, pero se me escapa. Las comisuras de la boca se inclinan inevitablemente hacia arriba.

Es extraño. No puede ser cierto que esté feliz de verlo, ¿verdad?

Es porque está a punto de darme de comer, me digo a mí misma, logrando borrarme la sonrisa de la cara cuando Lucas quita la cuerda y tira de mí para ponerme de pie. Es porque inconscientemente estoy asociando su llegada a cosas buenas: comida, baño, no estar atada. Incluso a orgasmos, por inquietantes que puedan ser.

Es solo mi segundo día aquí, pero mi cuerpo ya considera a mi captor una fuente de placer, al igual que los perros de Pávlov aprendieron a babear por el sonido de una campana. Sé que un día no muy lejano Lucas quizás me haga daño, pero que no lo haya hecho hasta ahora hace que no me dé tanto miedo.

—Ven —dice Lucas con los dedos alrededor de mi muñeca como si fueran un grillete inquebrantable mientras me lleva a la cocina—. Todavía queda algo de sopa y puedo preparar un sándwich.

—Está bien —contesto. Tengo tanta hambre que me comería hasta un tapiz, por lo que la poca variedad de las comidas no me resulta un problema. Sin embargo, cuando nos detenemos frente a la mesa, no puedo evitar ofrecerme—. ¿Quieres que intente preparar algo para la cena? Puedo cocinar, de verdad.

Me suelta la muñeca y me mira con los labios ligeramente curvados.

—Oh, sí. Tú y los cuchillos. Creo que sería una buena idea. —Echa hacia atrás una silla para mí—. Siéntate, nena. Voy a preparar esos sándwiches.

«¿Nena? ¿Cariño?» Pensar en eso es todo lo que puedo hacer para no responder mientras saca los ingredientes del sándwich y vierte la sopa en los tazones. Esos apodos cariñosos son una cosa insignificante, pero me recuerdan a lo que ha pasado antes entre nosotros.

A que eligió mi momento de mayor debilidad para hacerme confesar.

Lucas se da la vuelta, centrándose en calentar la sopa y respiro con calma. No vale la pena alterarse por esto. Por el chequeo médico invasivo sí, pero no por esto. Necesito seguirle el rollo, actuar como si estuviera empezando a confiar en él. De esa manera, cuando me sincere poco a poco, será creíble.

El vínculo emocional entre los dos parecerá real.

—Entonces —dice Lucas colocando un plato de sopa frente a mí—, ¿por qué hablas tan bien inglés? No tienes acento.

Se sienta frente a mí. Me mira a través de esos pálidos ojos con una curiosidad impasible.

Y así comienza el ligero interrogatorio.

Soplo la sopa para enfriarla, ganando tiempo para pensar.

—Mis padres querían que aprendiera inglés —contesto después de tragar una cucharada—, así que di clases adicionales, ampliando lo que nos enseñaron en la escuela. Es fácil no tener acento si aprendes un idioma cuando eres niño.

—¿Tus padres? —Lucas levanta las cejas—. ¿Te estaban preparando para ser espía?

—¿Espía? No, claro que no. —Me como una cucharada ignorando el dolor de los viejos recuerdos —. Solo querían que tuviera éxito, que consiguiera trabajo en alguna corporación internacional o algo así.

—¿Pero estaban de acuerdo con que te reclutaran? —Frunce el ceño.

—Estaban muertos. —Lo digo más seria de lo que pretendo, así que lo aclaro con un tono más suave—: Murieron en un accidente de coche cuando yo tenía diez años.

Coge aire.

—Joder, Yulia. Lo siento. Debe haber sido duro.

«¿Que lo siente?» Me entran ganas de reír y decirle que no tiene ni idea, pero solo trago y miro hacia abajo, como si el tema me doliera demasiado. Y lo hace, no estoy actuando esta vez. Hablar de la pérdida de mis padres es como arrancarme una costra que acaba de curarse. Podría haber mentido, haberme inventado una historia, pero no habría sido tan eficaz. Quiero que Lucas me vea así, real y dolida. Necesita saber que soy alguien a quien puede quebrar sin recurrir a la brutalidad o a la tortura.

Necesito que me vea como a alguien débil.

—¿Eres…? —Extiende los dedos cálidos sobre la mesa para agarrarme de la mano—. Yulia, ¿eres hija única?

Aún mirando a la mesa, asiento, dejando que el pelo me oculte la expresión. Mi hermano es lo único de mi pasado que Lucas no puede conocer. Misha está demasiado unido a Obenko y a la agencia.

Lucas retira la mano y sé que me cree. ¿Por qué no iba a hacerlo? Hasta ahora, he sido completamente sincera con él.

—¿Te acogió alguien de tu familia? —pregunta a continuación—. ¿Abuelos? ¿Tías? ¿Tíos?

—No. —Levanto la cabeza para mirarlo—. Mis padres no tenían hermanos y me tuvieron a los treinta y tantos, muy tarde para su generación en Ucrania. Cuando ocurrió el accidente, solo tenía un abuelo que estaba muriéndose de cáncer.

De nuevo, es verdad. Lucas me estudia y veo que ya sabe la respuesta de lo que va a preguntar.

—Terminaste en un orfanato, ¿verdad? —dice en voz baja.

—Sí, terminé en un orfanato. —Mirando hacia abajo me obligo a comer. Tengo un nudo en el estómago, pero necesito alimentarme para recuperar fuerzas.

No me pregunta nada más mientras nos terminamos la sopa y se lo agradezco. No esperaba que esta parte fuera tan difícil. Pensé que lo había superado después de todos estos años, pero una breve mención al orfanato es suficiente para que los recuerdos fluyan, trayendo consigo viejos sentimientos de dolor y desesperación.

Cuando terminamos la sopa, Lucas se levanta y friega los cuencos. Después, sirve dos vasos de agua, prepara los sándwiches y me coloca uno delante.

—¿Es ahí donde te reclutaron? ¿En ese orfanato? —pregunta en voz baja, sentándose, y yo asiento sin mirarlo. Estamos acercándonos demasiado al tema del que no podemos hablar y ambos lo sabemos.

Le oigo suspirar.

—Yulia. —Levanto la vista para mirarlo—. ¿Qué pasa si te digo que quiero que el pasado sea pasado? —pregunta con una voz inusualmente suave—. ¿Que ya no quiero que pagues por cumplir órdenes y que lo único que quiero es encontrar a los verdaderos responsables, a los que te dieron esas órdenes?

Lo miro fijamente, como tratando de procesar sus palabras. Había estado esperando esto, por supuesto. Es el siguiente movimiento lógico. Primero, compasión y cuidado, genuino en parte, tal vez, y, luego, una oferta de inmunidad si delato a mis jefes. Llevándome a su casa, lavándome, alimentándome... todo conducía a esto. Solo el sexo no formaba parte de la ecuación. La intimidad entre nosotros es demasiado cruda, demasiado poderosa para ser un montaje.

Me folló porque me deseaba, pero todo lo demás es parte del juego.

—¿Me vas a dejar ir? —digo, sonando incrédula. Solo un completo idiota se enamoraría de alguien tan poco prometedor y, con suerte, Lucas no me considera tan estúpida. Tendrá que esforzarse para convencerme de que puedo confiar en él y, durante ese tiempo, conseguiré que baje la guardia.

Para mi sorpresa, Lucas niega con la cabeza.

—No puedo hacer eso —responde—, pero puedo prometerte que no te haré daño.

Me paso la lengua por los labios secos. Esto no es lo que esperaba. La libertad es siempre la recompensa para los prisioneros.

—¿Qué significa eso exactamente?

Me sostiene la mirada y se me acelera el corazón por la calidez profunda de sus ojos.

—Te estoy diciendo que te quiero conmigo y que, si me cuentas todo sobre tus asociados, te protegeré de ellos y de cualquier persona que quiera hacerte daño.

Se me retuercen las entrañas por una mezcla de miedo y anhelo.

—No lo entiendo. Si no me vas a dejar ir...

Me observa en silencio, dejando que saque mis propias conclusiones.

Noto el pulso como un tamborileo rápido en los oídos mientras levanto el vaso de agua, viendo por el rabillo del ojo que me tiembla ligeramente la mano . Trago el agua, más para ganar tiempo que para quitarme la sed. Luego, me obligo a dejar el vaso y a mirarlo.

—Me estás ofreciendo protección a cambio de sexo —le digo con voz vacilante.

Lucas inclina la cabeza.

—Podrías verlo así.

—¿Qué pasa con tu jefe? —No puedo creer este giro en la conversación—. ¿No está esperando a que me hagas pedazos o lo que quiera que le hagas normalmente a la gente para que hable? ¿No es por eso por lo que me trajo aquí?

—Yo te he traído aquí, no Esguerra.

Lo miro boquiabierta, sorprendida con la guardia baja una vez más.

—¿Qué?

—Te deseaba. —Lucas se inclina hacia delante, apoyando los antebrazos sobre la mesa—. Esa noche no fue suficiente. Es cierto que quería castigarte por lo que pasó, pero te quería para algo más que eso. —Su voz se vuelve áspera—. Te quería en mi cama, en el suelo, contra la pared, de cualquier manera que pudiera tenerte.

—¿Me trajiste aquí por el sexo? —Esto va más allá

de lo que habría imaginado—. ¿Me sacaste de la cárcel para follarme?

Se le oscurece la mirada.

—Sí. Me dije a mí mismo que era por venganza, pero fue para tenerte.

—Yo… —Incapaz de quedarme quieta, me pongo de pie. Ya no tengo hambre. Se me quiebra la voz cuando digo—: Necesito un minuto.

Camino hacia la ventana de la cocina con las piernas temblorosas. Fuera, el sol brilla sobre una exótica vegetación tropical, pero no puedo concentrarme en la belleza natural que tengo frente a mí. Estoy demasiado sorprendida por las confesiones de Lucas.

¿Me estará diciendo la verdad o será solo otro intento de anularme y obtener respuestas? ¿Una técnica de interrogatorio asombrosamente diferente que utiliza la atracción mutua como base? Estoy acostumbrada a que los hombres me deseen, pero esto es algo completamente distinto.

Lo que Lucas me ha contado indica un grado de obsesión que sería aterrador si fuera real.

Mientras estoy allí tratando de asimilar sus confesiones, escucho sus pasos. En ese momento, me agarra de los hombros con las manos. Ya está excitado. Siento su erección presionándome el culo mientras me empuja contra su cuerpo.

—Esto no tiene que ser malo para ti, bonita. —Siento su aliento cálido en la mejilla y me roza con los labios la sien—. Podrías estar a salvo aquí, conmigo.

Un temblor de excitación traicionera me sobrepasa y los pezones se me endurecen bajo la camiseta.

—¿Cómo? —susurro, cerrando los ojos. Tiene el pecho musculosamente esculpido y está pegado a mi espalda con una fuerza terriblemente seductora. Es como si hubiera descubierto mis deseos más profundos, las ganas de encontrar seguridad entre sus brazos—. ¿Cómo puedes prometerme eso cuando tu jefe podría matarme en un instante?

—No te tocará. —Lucas me rodea con los brazos poderosos, dominándome y reconfortándome a la vez —. No le dejaré. Esguerra me lo debe y tú eres el favor que me voy a cobrar.

—Lucas, esto… —Dejo caer la cabeza sobre su hombro mientras me acaricia la oreja. El bulto de sus pantalones vaqueros me presiona más insistentemente —. Esto es una locura.

—Lo sé —me susurra con un gruñido áspero al oído —. ¿Crees que no lo sé? —Me suelta, me gira y me agarra de la cadera, atrayéndome de nuevo hacia él. Sobresaltada, abro los ojos para ver cómo un deseo salvaje le tensa los rasgos. Me arrastra hacia la derecha y me pone contra la pared, al lado de la ventana, sujetándome con la parte inferior del cuerpo—. ¿Crees que no me lo he repetido un millón de veces? —Me presiona el estómago con la polla mientras me quema con la mirada. Tiene las pupilas dilatadas y le palpita una vena en la frente.

No está actuando.

Ni mucho menos.

Se me acelera la respiración. La excitación se mezcla con un antiguo miedo. El hombre que tengo frente a mí no está dispuesto a entrar en razón y es posible que mi cuerpo no quiera que lo haga.

—Lucas. —Luchando contra la adicción que me provoca su cercanía, meto las manos entre los dos y le empujo el pecho—. Lucas, creo que tenemos que hablar…

—¿Quieres hablar de esto? —Mueve las caderas a un ritmo tosco y sugestivo. Empuja la polla contra la parte inferior de mi abdomen a través de nuestras dos capas de ropa. Me coge de la mandíbula con la mano, sosteniéndome la cara mientras se inclina y sus labios flotan a centímetros de los míos. Me paralizo, se me acelera el corazón y, en ese momento, un ligero movimiento me llama la atención.

Sorprendida, miro hacia la ventana y veo un mechón de cabello oscuro desaparecer de mi vista.

—¿Qué pasa? —El tono de Lucas se agudiza cuando nota mi distracción. Siguiendo mi mirada, observa a través de la ventana y deja escapar una maldición en voz baja antes de soltarme y dirigirse hacia ella.

Cuando se acerca al cristal, me alejo de él, escudándome detrás de la mesa. Me vibra el cuerpo por el calor, pero estoy agradecida por la distracción. Necesito digerir lo que me ha dicho Lucas y no puedo hacerlo mientras me revienta a polvos.

Me llama la atención el sándwich intacto sobre la mesa. Ya no tengo hambre, pero lo cojo y le doy un bocado justo cuando Lucas se gira para mirarme. Traza una línea delgada y dura con los labios.

—¿Quién era? —pregunto con la boca llena. Necesito tiempo y esta es la única forma que tengo para alargar la prórroga. Masticando con determinación, me llevo el sándwich hacia la ventana —. ¿Ha venido alguien a verte?

Tensa los músculos de la mandíbula.

—No. No exactamente. —Lucas se acerca a la mesa y se sienta al otro lado. Clava sus ojos pálidos en mí—. Has visto a alguien ahí fuera, ¿quién era?

Me trago el bocado seco y sin sabor.

—No lo sé. Solo he visto la parte trasera de una cabeza —le digo con sinceridad. Sin embargo, lo que no le digo es que sospecho de quién puede ser.

—¿Hombre? ¿Mujer? —Lucas insiste—. ¿Pelo largo? ¿Corto?

Muerdo de nuevo el sándwich a propósito y lo mastico mientras reflexiono sobre la pregunta:

—Una mujer —le digo cuando puedo hablar de nuevo. No me creería si fingiera no haber visto algo tan obvio—. Con el pelo recogido en un moño y creo que llevaba un vestido oscuro.

Lucas asiente, como si acabase de confirmar su sospecha.

—Está bien —dice suavizando la expresión.

Luego, coge el otro sándwich y empieza a comérselo, sin dejar de observarme.

ucas

TERMINAMOS DE COMER EN SILENCIO CON LA TENSIÓN sexual todavía latente en el ambiente. Mientras observo cómo Yulia se termina el resto de la comida, se me tensa la polla contra la tela de los vaqueros, palpitándome dolorosamente.

Si Rosa no hubiese elegido este momento tan inoportuno para hacer de acosadora, ya la tendría dentro de Yulia, empotrándola contra la pared.

He asustado a mi prisionera. Lo puedo notar en el color de las mejillas y en la forma en que me aparta la mirada. ¿Me habrá creído? ¿Se habrá dado cuenta de que estaba siendo sincero? La solución al dilema de qué hacer con ella apareció cuando volvía a casa y, al instante, supe que esa era la única manera.

Voy a hacer exactamente lo que mis instintos me piden y me quedaré con Yulia.

En otro momento, eso hubiera sido inconcebible. Cuando estaba en el instituto, si alguien me hubiera dicho que iba a retener a una mujer en contra de su voluntad, me habría reído. Incluso cuando estaba en la marina, mucho después de saber que era capaz de hacer lo que fuera necesario sin remordimientos, todavía me aferraba a la moral de mi infancia, tratando de ocultar la oscuridad de mi interior. Cuando me convertí en un hombre buscado entendí mi naturaleza y la capacidad de cruzar líneas que creía inquebrantables.

Mantener a Yulia conmigo no es nada comparado con todo lo que hay detrás y, está claro que es mejor que el destino que planeé para ella al principio.

—Entonces, ¿cómo funcionaría esto exactamente? —pregunta al fin, rompiendo el silencio. Me mira fijamente a la cara—. ¿Me mantendrás atada a la silla todo el día y esposada a ti toda la noche?

Le sonrío, la expectación me recorre las venas.

—Solo si eso te excita, preciosa. Si no, creo que podemos hacer algunos cambios. —Estoy pensando en los rastreadores de seguimiento que Esguerra usó con su esposa. Podría hacer algo así con Yulia, asegurándome de que al menos uno de los rastreadores esté implantado en un lugar imposible de quitar.

Sin embargo, primero debo asegurarme de que la

agencia para la que trabaja haya sido eliminada. De lo contrario, Yulia podría usar sus recursos para desaparecer, con rastreadores o sin ellos.

—¿Me desatarás? —Me mira fijamente con los ojos muy abiertos—. ¿Y me dejarás salir?

—Lo haré. —Una vez que su agencia esté destruida y tenga implantados los rastreadores—. Pero primero tienes que hablarme de tus jefes. ¿Quién es el responsable del programa?

No me contesta, sino que se levanta y lleva los platos de plástico vacíos a la papelera de la esquina. La observo, asegurándome de que no intente nada, pero simplemente tira los platos y vuelve a la mesa.

Se detiene junto a la silla y me mira.

—¿Cómo sé que puedo confiar en ti? Una vez que te diga lo que quieres saber, podrías matarme.

—Podría, pero no lo haré. —Me levanto y me acerco a ella pasándole los nudillos por la piel suave de la mejilla—. Te deseo demasiado para hacer eso.

El rubor en la cara de Yulia se intensifica.

—¿Entonces qué? ¿Me vas a dejar viva porque me quieres follar? —En su voz se mezcla la incredulidad y la burla—. ¿Siempre dejas que la polla decida por ti quién vive y quién muere?

Me río, para nada ofendido.

—No, preciosa. Solo cuando es tan insistente.

De hecho, no recuerdo que ninguna mujer me haya cambiado los planes. Siempre he disfrutado del sexo y la compañía femenina, pero esa necesidad nunca ha sido una fuerza dominante en mi vida. Mi última relación larga, una relación de tres meses en Venezuela, fue antes de empezar a trabajar con Esguerra y no he pensado en esa chica en años. Mis encuentros más recientes han sido más parecidos a una aventura de una noche o, en el mejor de los casos, unos días de diversión informal.

Yulia me mira dudosa, arqueando las cejas y no puedo esperar más. Ella es mía y voy a hacer lo que mi cuerpo ha estado pidiendo a gritos durante la última hora.

—Vamos —le digo agarrándola del delgado brazo—. Creo que es hora de sellar nuestro acuerdo.

PERMANECE EN SILENCIO MIENTRAS LA LLEVO AL dormitorio. Tiene las piernas largas y elegantes, lo que me llama la atención mientras caminamos. Supongo que pronto tendré que comprarle algo de ropa, pero, por ahora, me gusta verla con mi camiseta holgada sobre su cuerpo delgado.

Sé que, según algunos de los estándares morales de mi infancia, lo que le estoy haciendo está mal. Es mi prisionera y no le estoy dando ninguna otra opción. La estoy obligando a tener una relación que ella quizá no quiera, a pesar de su respuesta física y su aparente disposición a aceptar mi contacto. Sería tentador justificar mis acciones diciéndome a mí mismo que su trabajo la convierte en un blanco fácil para tal trato, pero sé que eso no es así.

Fue forzada a entrar en esta vida por circunstancias que no dependían de ella y soy un cruel hijo de puta por aprovecharme.

Mientras le quito la camiseta a Yulia, sacándosela por la cabeza, espero a que mi conciencia reaccione, pero todo lo que siento es un fuerte deseo hacia ella. Las cosas que he hecho en los últimos ocho años, lo que he tenido que hacer para sobrevivir, me han llevado a deshacerme de la moral inculcada por mi familia, arrancando la capa de civilización que tenía incrustada en lo más profundo. El hombre que Yulia tiene ahora delante no se parece al chico que abandonó su hogar de clase media-alta hace dieciséis años y mi conciencia permanece adormecida cuando dejo caer la camiseta al suelo y recorro el cuerpo desnudo de mi cautiva con la mirada.

—Túmbate —le digo con voz áspera por la lujuria—. Te quiero boca arriba.

Duda. Me pregunto si va a resistirse después de todo. Sería inútil, incluso si lo hiciera con todas sus fuerzas no sería rival para mí, pero, de todos modos, no me extrañaría que lo hiciera.

Para mi alivio, no lo hace. Al contrario. Se sube a la cama y se tumba, mirándome.

Me acerco a ella. La polla se me hincha aún más. Aunque Yulia todavía está demasiado delgada, su cuerpo está maravillosamente proporcionado, con una cintura pequeña, caderas femeninas y pechos altos y redondos. El brillante pelo dorado es como un halo en la almohada y enmarca una cara que parece estar sacada de alguna revista de moda. Con unos rasgos finamente marcados, ojos con pestañas gruesas y una piel perfecta, es casi demasiado bonita para follársela.

«Casi» es la palabra clave.

Aun así, freno mi lujuria salvaje. No quiero hacerle daño. Ya ha sufrido demasiado, en mis manos y en las de otros. Solo de pensar en que otros hombres la toquen me transforma en un asesino furioso.

Si otro hombre alguna vez vuelve a ponerle a Yulia una mano encima, lo pagará con su vida.

Subo a la cama y coloco las rodillas a cada lado de sus muslos antes de rodearla con los brazos. Estoy dispuesto a controlarme esta vez, así que me mantengo a cuatro patas sin tocarla. El pecho le sube y le baja por la respiración agitada mientras me mira y sé que está nerviosa.

Nerviosa y excitada, a juzgar por los pezones erectos y la piel enrojecida.

—Eres preciosa —murmuro inclinándome sobre uno de esos tiernos pezones. No se mueve, pero puedo sentir la tensión de su cuerpo cuando presiono con la boca la aureola rosada. El pezón se contrae aún más y coloco los labios alrededor de él, succionando suavemente. Jadea, aprieta las manos en ambos lados y cierra los ojos, arqueando el cuello con la cabeza sobre la almohada.

—Sí, absolutamente preciosa —susurro, dirigiéndome hacia el otro pezón. Sabe a ella, a feminidad cálida y a melocotón. Después de chuparlo, soplo aire frío sobre él y me recompensa con un pequeño gemido.

Me muevo por sus pechos, mordisqueando y chupando la carne esponjosa y delicada, tocándola solo con la boca. Su cuerpo, cada curva, cada hueco sedoso, es un banquete sensual y su aroma es embriagador. A pesar de la lujuria que se propaga por mi interior, no puedo evitar detenerme en la parte inferior de sus pechos, la caja torácica, el ombligo... Moviéndome hacia abajo, pruebo la piel tierna de su clítoris y, luego, le meto la lengua entre los pliegues del coño.

Grita, tensándose y siento sus manos en la cabeza, clavándome las uñas cuando encuentro el clítoris y presiono la lengua contra él. Está mojada, puedo saborear su excitación y eso me envía una oleada de sangre directamente a la polla. Se me contraen los huevos y me tiemblan los brazos por las ganas de cogerla y penetrarla como llevo queriendo hacer desde la interrupción en la cocina.

—Lucas. —La palabra sale en forma de un jadeo sin aliento cuando se retuerce debajo de mí. Eleva las caderas en una súplica silenciosa mientras me tira del pelo—. Oh, Dios, Lucas...

Reprimiendo mi necesidad, me centro en ella, usando la boca para llevarla al límite, pero sin que lo traspase. Le lamo cada centímetro del coño con la lengua; luego, presiono sus labios con la boca y chupo los pliegues sabiendo que un pequeño tirón hará que el clítoris se le contraiga. Cada vez grita más fuerte mientras me clava las uñas con más fuerza en la cabeza y yo cierro los puños alrededor de las sábanas para aguantar las ganas. Quiero darle este placer primero, hacerle ver el hambre que me consume cuando estoy con ella.

—¡Lucas! —Se retuerce, con los talones clavados en el colchón a ambos lados de mí y sé que no puede aguantar mucho más. Deslizando la mano entre sus muslos, empujo dos dedos dentro de ella y le chupo el clítoris al mismo tiempo.

Encorva la espalda mientras grita y siento cómo aprieta los dedos, cómo su piel me rodea, liberándose. Espero el tiempo suficiente hasta sentir que las contracciones empiezan a disminuir y subo por su cuerpo. Sosteniéndome con los codos, le abro las piernas con las rodillas y pongo la polla contra su abertura.

—Yulia. —Espero a que abra los ojos. Con la mirada aturdida y sin poder ver aún, me rindo ante mi necesidad desesperada y entro en ella con un solo empujón profundo. Jadea, se agarra a mis costados y definitivamente estoy perdido. La lujuria llega a mí y empiezo a empujar dentro de ella, haciéndoselo fuerte y rápido.

Vagamente, me doy cuenta de que dobla las piernas alrededor de mis caderas y que empieza a igualar cada embestida, pero estoy demasiado excitado como para ir más despacio. Está húmeda, suave y ceñida a mi alrededor, me aprieta la polla con los músculos internos y la tensión que se acumula dentro de mí es incontrolable, volcánica. Es cada vez más y más intensa, oigo los latidos del corazón rugiendo en los oídos y mis sensaciones llegan a lo más alto. El orgasmo me golpea con una intensidad brutal. Agarrándola fuerte, gimo mientras mi semen sale disparado hacia su cuerpo en chorros largos y agotadores.

Para mi sorpresa, grita de nuevo y siento que se aprieta a mi alrededor una vez más, su cuerpo se estremece por un segundo clímax. La polla da una sacudida como respuesta y, luego, me desplomo a su lado, tirando de ella para que se eche encima de mí.

No pienso nada más que en una cosa.

Nunca dejaré que se vaya.

ulia

—Me has follado sin condón otra vez —le digo cuando consigo recobrar el aliento para hablar. Estoy tumbada junto a Lucas, con la cabeza en su hombro mientras espero que los latidos de mi corazón vayan más despacio.

Mi captor se ríe con un sonido ronco.

—Oh, sí. Me he olvidado de tu millón de enfermedades. Bueno, te alegrará saber que Goldberg me dio los resultados de las pruebas y solo tienes ladillas.

—¿Qué? —Me siento en la cama, horrorizada, pero comienza a reírse a carcajadas mientras se sienta también.

—¡Qué gilipollas! —Furiosa, cojo una almohada y le golpeo con ella deseando que tuviera un ladrillo dentro —. ¡No tiene gracia!

Riéndose aún más fuerte, me coge y me empuja de nuevo contra el colchón, colocándose encima de mí para mantenerme en el sitio. Con una facilidad enloquecedora me sujeta las muñecas por encima de la cabeza mientras aguanta mis patadas en los fuertes muslos.

—En realidad —dice sonriendo—, pensé que era muy gracioso.

—Oh, ¿en serio? —Incapaz de quitarme a Lucas de encima, uso la única arma que me queda. Levanto la cabeza y le hundo los dientes entre el hombro y el cuello.

—¡Ay! Pequeño animal. —Pasando mis muñecas a la mano izquierda, me tira del pelo con la derecha, empujándome la cabeza contra el colchón. Para mi desgracia, sigue sonriendo sin preocuparse por la marca roja que le han dejado mis dientes sobre la piel —. No deberías haber hecho eso.

—¿No? —A pesar de mi posición indefensa, los recuerdos se mantienen adormecidos, dejando que me concentre en el enfado—. ¿Por qué?

Baja la cabeza, acercando la boca a mi oreja.

—Porque has hecho que te desee... —Y, levantando la cabeza para encontrar mi mirada, me empuja la polla endurecida contra el muslo, dejándome claras sus intenciones.

Incrédula, lo miro fijamente viendo el resplandor ahora familiar del calor en esos ojos invernales.

—¿Me estás tomando el pelo? ¿Otra vez?

—Sí, cariño. —Su boca se curva en una oscura sonrisa carnal cuando me pone la rodilla entre los muslos, obligándolos a abrirse—. Una y otra vez.

PASA MÁS DE UNA HORA HASTA QUE PUEDO REFUGIARME en el baño y ordenar mis dispersos pensamientos. Estoy cansada y dolorida, desgastada por los orgasmos sin fin y tengo restos del sexo incrustados en los muslos. Después de ocuparme de mis necesidades más urgentes, abro el agua de la ducha para enjuagarme rápido. Antes de que pueda entrar en ella, se abre la puerta y pasa Lucas, completamente desnudo.

—Buena idea —dice mirando el agua—. Entremos.

Horrorizada, miro boquiabierta a mi captor insaciable.

—No creo que puedas.

Él se ríe con los dientes blancos destellando.

—Podría, pero no lo haré. Sé que necesitas un descanso. Ven aquí, nena. —Me agarra del brazo y me empuja hacia el cubículo—. Solo vamos a ducharnos, te lo prometo.

Es fiel a su palabra. Me enjabona con esas grandes manos sin pararse mucho en los pechos ni en el sexo. Aun así, siento un latido lento y caliente entre los muslos mientras me lava minuciosamente. Desliza los dedos entre los pliegues y sube por el trasero. Sorprendida, aprieto las nalgas cuando me presiona ese agujero con la punta del dedo y deja escapar una suave risa, liberándome cuando le empujo.

—Está bien, puedo esperar —dice estando de acuerdo y me giro con el estómago revuelto al saber que es solo cuestión de tiempo que también me lo haga así, independientemente de lo que yo piense al respecto.

Por suerte, Lucas termina de lavarse con rapidez y se va del cubículo.

—Sal cuando estés lista —dice secándose. Luego, se marcha, dejándome sola en la ducha.

Exhausta, me desplomo contra la pared dejando que el agua me corra por el pecho. Tengo los pezones dolorosamente sensibles al igual que el sexo, hinchado y dolorido. Antes de conocer a Lucas, no tenía ni idea de que el placer podía ser tan agotador, que podía sacar todo de mí, tanto en el aspecto físico como el psicológico. No puedo resistirme a él y no tiene nada que ver con que sea mi captor.

Aunque fuera libre, no podría negárselo.

«Protección a cambio de sexo». Las palabras rondan por mi mente llenándome de una confusa mezcla de indignación y anhelo. ¿Es posible que lo dijera en serio? ¿Realmente me habrá traído a la otra punta del mundo para ser su juguete sexual?

Parece ridículo, excepto cuando siento el fuerte deseo que le causo. Incluso ahora, mi cuerpo sufre por esa pasión implacable. ¿Hará Lucas eso realmente?

¿Dejará que lo pasado sea pasado y me protegerá si le hablo de mi agencia? Cuando antes pensaba en establecer un vínculo con él, esperaba poder ganar un tiempo sin dolor. Sin embargo, si lo que dice es cierto, mi no tan terrible cautiverio podría continuar de forma indefinida o, al menos, hasta que Esguerra pida mi cabeza en una bandeja.

No importa lo que diga Lucas sobre los favores que se deben. No creo que su jefe me perdone para siempre. Tarde o temprano, Esguerra querrá saldar cuentas y entonces estaré muerta. E, incluso si Lucas puede protegerme, no lo hará por mucho tiempo.

Me echará a los lobos cuando se dé cuenta de que no le voy a dar las respuestas que busca.

Me alejo de la pared, cierro el grifo y salgo del cubículo. Mientras me seco, intento averiguar si este giro en los acontecimientos cambia algo y decido que no.

Solo significa que he tenido una suerte increíble, que tendré tiempo para planear mi huida.

14

*L*ucas

CUANDO YULIA SALE DEL BAÑO, LE DOY UNA CAMISETA limpia para que se la ponga y la llevo de vuelta al salón mientras me vibra el cuerpo por la profunda satisfacción que solo me da practicar sexo con ella.

—¿Te gusta ver la televisión? —le pregunto mientras le ato los tobillos a la silla. No me acuerdo de la última vez que me sentí tan relajado y contento. Pronto conseguiré las respuestas que necesito y entonces podré darle más libertad.

De momento, lo mínimo que puedo hacer es aliviar su probable aburrimiento.

—¿Que si me gusta? —Yulia me mira, desconcertada—. Claro, ¿a quién no?

—¿Alguna preferencia? ¿Series? ¿Películas? ¿Canales de noticias?

—Eh, en realidad, cualquier cosa.

—Vale. —Cuando acabo con la cuerda, giro la silla para que vea la tele situada en la pared de enfrente—. ¿Qué te parece *Modern Family*? Es ligera y divertida. ¿La has visto?

—No. —Me mira como si tuviera monos en la cara.

—Vale, bien. —Reprimiendo una sonrisa, enciendo la tele y selecciono la primera temporada de la serie de entre los archivos que tengo guardados—. Debo trabajar un poco antes de la cena, pero esto te mantendrá entretenida.

—Claro —dice, con un aspecto tan adorablemente confundido que no lo puedo evitar. Me agacho y le doy un beso en los labios entreabiertos, absorbiendo su jadeo de sorpresa. La deliciosa calidez de su boca hace que se me agite la polla, pero me obligo a enderezarme y a dar un paso atrás antes de que me deje llevar.

Por increíble que parezca, deseo a Yulia otra vez.

Me doy la vuelta inhalando profundamente, con la determinación de recuperar el control.

—Te veo luego —me despido por encima del hombro mientras salgo de la casa dando grandes zancadas.

Aunque me encantaría pasar el día follándome a mi prisionera, tengo que trabajar.

Paso las dos primeras horas en el despacho de Esguerra poniendo en orden, con él y con los guardias que tengo previsto llevar con nosotros, los detalles logísticos de su protección en Chicago.

Hay mucho que coordinar, ya que los padres de Nora necesitarán protección adicional durante nuestra visita y después de ella, por si a alguno de los socios de negocios de Esguerra se le ocurre que utilizar a su familia política como rehenes es una buena idea. Es poco probable, todo el mundo sabe lo que le pasó a Al-Quadar cuando lo intentaron con su mujer, pero no está de más andarse con cuidado.

La estupidez de algunos raya el suicidio.

Justo cuando estamos a punto de terminar, entra la mujer de Esguerra. Se le agrandan los ojos oscuros cuando nos ve a todos sentados allí.

—Oh, perdón. No quería interrumpir...

—¿Qué pasa, cariño? —Esguerra se levanta y se acerca a ella. Se le juntan las cejas al fruncir el ceño—. ¿Va todo bien? ¿Cómo te sientes?

Nora nos lanza a los guardias y a mí una mirada avergonzada antes de volver a centrarse en su marido:

—Estoy bien. Todo va bien —dice deprisa—. Solo quería preguntarte una cosa, pero puede esperar.

—¿Seguro? —La voz de Esguerra se suaviza, como suele ocurrir cuando habla con su pequeña esposa—. Puedo salir...

—No, por favor, no lo hagas. De verdad, no es importante. —Poniéndose de puntillas, le da un beso rápido en la mandíbula—. Estaré en la piscina. Ven a buscarme cuando acabes.

—De acuerdo. —Nora se va y Esguerra la sigue con la mirada, con el ceño fruncido. Me doy cuenta de que desea ir tras ella, pero no quiere que parezca que está todavía más obsesionado con ella de lo que ya sabemos que está. Si fuera cualquier otro, los guardias le vacilarían durante semanas. Sin embargo, todos mantenemos nuestras caras inexpresivas mientras nuestro jefe vuelve a la mesa.

No nos lleva mucho tiempo terminar con la logística de la seguridad. Cuando terminamos, los guardias vuelven a sus tareas y Esguerra sale a buscar a su mujer, por lo que acabo a solas en su despacho para ponerme al día con un par de correos. Decido aprovechar la oportunidad para llamar a nuestro proveedor en Hong Kong y conseguir los implantes rastreadores para Yulia. Para mi decepción, el viejo me informa de que podrá entregármelos en dos semanas, exactamente cuando estemos en Chicago.

—¿Hay alguna manera de conseguirlos antes? —le pregunto. No me gusta la idea de dejar a Yulia sin esa protección durante tanto tiempo, pero el hombre niega con la cabeza.

—No, me temo que no. Los que consiguió el señor Esguerra en aquel momento eran un prototipo y tendremos que fabricar los suyos desde cero. El recubrimiento es muy especial, así que tendré que pedirlo por encargo…

—No importa. Lo entiendo. —En mi ausencia, tendré que asignarles la vigilancia de mi prisionera a algunos hombres de confianza—. Gracias por su tiempo, señor Chen.

Me desconecto de la videollamada, me levanto y salgo del despacho de Esguerra.

Hay una cosa más de la que me tengo que ocupar hoy.

ANA, EL AMA DE LLAVES DE MEDIANA EDAD, ME ABRE LA puerta.

—Hola, señor Kent —dice con su marcado acento—. ¿Está buscando al señor Esguerra? Acaba de subir a darse una ducha.

—No, no lo estoy buscando a él. —Sonrío a la mujer mayor—. ¿Puedo pasar?

—Por supuesto. —Da un paso atrás para dejarme entrar en un recibidor grande y lujoso—. Nora está en la piscina. ¿Quiere hablar con ella?

—En realidad, no. —Hago una pausa para observar alrededor antes de mirar de nuevo al ama de llaves—. ¿Está Rosa? Quiero preguntarle una cosa.

—Oh. —Ana parece sorprendida, pero se recupera rápidamente y dice—: Sí, está en la cocina, ayudándome con la cena. Venga por aquí. —Me dirige a través de unas puertas dobles, pasando por una ancha escalera curva.

Al entrar en la cocina, me recibe un apetecible olor a ajo asado. Rosa se encuentra junto a un fregadero resplandeciente, dándonos la espalda mientras corta verduras.

—Rosa —le anuncia Ana—, tienes visita.

La criada se da la vuelta hacia nosotros y veo cómo abre los ojos marrones mientras el rubor le cubre la cara.

—Lucas.

—Hola, Rosa —digo, manteniendo un tono neutro—. ¿Tienes un minuto?

Asiente y se limpia rápidamente las manos con un trapo.

—Sí, claro. —En sus labios aparece una amplia sonrisa—. ¿Qué puedo hacer por ti?

Me doy la vuelta para mirar al ama de llaves, pero Ana ya se está yendo; ha deducido que quiero intimidad.

—Gracias por la sopa —digo, optando por empezar de forma suave—. Estaba excelente.

—Ah, muy bien. —Se le ensancha la sonrisa—. Me alegro mucho de que te gustara. Es la receta de mi madre.

—Espera. —Frunzo el ceño—. ¿La has hecho tú, no Ana?

Rosa se pone roja como un tomate.

—Sí, siento haberte mentido antes. Es que…

—Rosa —la interrumpo, levantando la mano. Quiero evitarle a la chica cualquier incomodidad innecesaria—. Gracias. Es una sopa maravillosa, pero prefiero que no me la vuelvas a hacer. Ni cualquier otra cosa, en realidad, ¿de acuerdo?

Me mira como si le hubiera dado una bofetada en la cara:

—Por... por supuesto —tartamudea—. Lo siento, yo...

—Y no quiero que te acerques a mi casa —sigo, haciendo caso omiso a las lágrimas que se acumulan en los ojos de la chica. Prefiero enfrentarme a una docena de terroristas antes que a esto, pero tengo que dejárselo claro—. No es seguro. Mi prisionera es peligrosa.

—Yo solo...

—Mira —le digo, sintiéndome como si estuviera siendo cruel con un niño—, eres una chica guapa y muy dulce, pero eres demasiado joven para mí. ¿Cuántos años tienes, dieciocho, diecinueve?

Rosa levanta la barbilla:

—Veintiuno.

—Vale. —Me sorprende que solo tenga un año menos que Yulia, pero nunca he pensado que la espía ucraniana sea demasiado joven para mí. Aun así, continúo sin perder el ritmo—. Tengo treinta y cuatro años. Deberías buscar a alguien más cercano a tu edad. Un buen chico que te valore.

—Claro. —Para mi sorpresa, la criada se recompone y recobra la compostura con un autocontrol inesperado. Se seca las lágrimas y me sonríe con firmeza, aunque le queda un poco de rubor en las mejillas—. No te preocupes, Lucas. No te molestaré más.

Frunzo el ceño, no estoy seguro de poder tomarla en serio, pero me da la espalda y vuelve a centrar la atención en las verduras.

II

LA HUIDA

ulia

Durante la semana siguiente, Lucas y yo nos instalamos en una rutina incómoda. Lucas se acuesta conmigo en cada oportunidad que se le presenta, que es, al menos, un par de veces por la noche y una vez durante el día, y siempre comemos juntos en la cocina. El resto del tiempo lo paso viendo la televisión atada a la silla o durmiendo esposada al lado de Lucas.

—¿Crees que sería posible que leyera algo? —le pregunto, tras dos días de maratón de series—. Me encantan los libros y echo de menos leer.

—¿Qué tipo de libros? —Lucas parece extrañamente interesado.

—De todo. —contesto de manera honesta—.

Romance, suspense, ciencia ficción, no ficción. No tengo preferencias, me encanta la sensación de tener un libro entre las manos.

—De acuerdo —acepta y, al día siguiente, me lleva a una pequeña habitación al lado del dormitorio. Como el resto de su casa, casi no tiene decoración. Sin embargo, es mucho más acogedora; cuenta con un escritorio, tres estanterías altas llenas de libros y un sillón de felpa junto a un mirador que da a la jungla.

—¿Esta biblioteca es tuya? —pregunto sorprendida. Siempre he pensado que mi captor es un soldado, alguien más interesado en las armas que en los libros. Es más fácil imaginarse a Lucas blandiendo un machete que leyendo con tranquilidad en esta habitación.

—Pues claro que es mía. —Se apoya contra el marco de la puerta y me mira, divertido—. ¿De quién más iba a ser?

—¿Y te has leído todos estos libros? —Me acerco a las estanterías, analizando los títulos. Aquí debe de haber cientos de libros. Muchos de ellos son de suspense y de misterio. También veo algunas biografías y obras de no ficción que van desde ciencia popular a economía.

—La mayoría de ellos —contesta Lucas—. Suelo comprar al por mayor, así siempre encuentro algo nuevo para leer cuando tengo tiempo libre.

—Ya veo. —No sé por qué me sorprende tanto descubrir esta faceta suya. Siempre he sospechado que Lucas es muy inteligente, pero, de alguna manera, me he dejado llevar por el estereotipo de mercenario curtido, de hombre cuya vida gira alrededor de las armas y la lucha. Que saliera del instituto y entrara directamente en la marina ha enfatizado esa impresión.

He subestimado a mi oponente, tengo que andarme con cuidado para no volver a hacerlo.

Me paro frente al mirador y me giro para observarlo.

—¿Cuándo has conseguido todos estos libros? —pregunto—. Pensaba que estuviste a la fuga un par de años después de dejar la marina.

La mirada de Lucas se endurece durante un segundo, pero, después, asiente.

—Sí, lo estuve. Siempre se me olvida que sabes mucho de mí. —Cruza la habitación y se para delante—. Conseguí la mayoría de estos libros el año pasado, después de que Esguerra decidiera convertir este complejo en nuestra casa permanente. Antes de eso, viajábamos por todo el mundo, así que mantenía una docena de mis favoritos en el almacén. Y, antes de eso, apenas tenía pertenencias, así era más fácil desplazarme.

—Pero ya no quieres eso —adivino, estudiándole—. Quieres poseer cosas, tener una casa.

Me observa y deja escapar una carcajada.

—Supongo. Nunca lo he pensado de esa manera, pero sí, me imagino que me he cansado de no dormir más de dos veces en la misma cama. Y, ¿poseer cosas? —La voz se le hace más grave mientras me recorre con la mirada—. Sí, también hay algo de eso. Me gusta tener cosas que pueda decir que son mías.

Se me encienden las mejillas y miro para otro lado, simulando que me interesan las vistas desde el mirador. No se me ha escapado lo muy posesivo que es Lucas. Sé que mi captor cree que soy suya y, a todos los efectos, lo soy. Controla cada aspecto de mi vida: qué como, cuándo duermo, qué me pongo e incluso cuándo voy al baño. Cuando no estoy atada, estoy con él y la mayoría de ese tiempo lo pasamos en la cama, donde hace conmigo lo que le da la gana.

Si no lo deseara tan intensamente como él me desea a mí, sería un infierno.

—Yulia... —La voz de Lucas tiene una familiar nota acalorada cuando se pone detrás de mí. Me recoge pelo con esa gran mano suya para apartarlo a un lado, dejando al descubierto mi cuello. Agachándose, me besa detrás de la oreja y desliza la mano libre por debajo de la camiseta de hombre que llevo como vestido. Indaga entre las piernas hasta que me encuentra el sexo y no puedo reprimir un gemido mientras me penetra con dos dedos, dilatándome para poseerme.

Durante la siguiente hora, mientras Lucas me folla inclinada sobre el brazo del sillón, los libros son en lo último en lo que pensamos.

DESPUÉS DE LO DE LA BIBLIOTECA, MEJORA LA CALIDAD Y la variedad de mi entretenimiento. En vez de ver la tele todo el día, paso una parte de mi tiempo a solas leyendo junto al mirador. También se me concede un asiento más cómodo y tener las manos esposadas delante, para así poder sostener un libro para leer. Todas las mañanas, después del desayuno, Lucas me ata al sillón con cuerdas y me esposa las manos lo suficientemente separadas para que pueda pasar las páginas. Allí leo hasta la hora del almuerzo, cuando viene a darme de comer y me deja estirar las piernas.

—¿Sabes? No soy un perro que va al baño siguiendo un horario —me atrevo a quejarme un día—. ¿Qué pasa si un día necesito ir con urgencia y no estás en casa?

Para mi alivio, no remarca lo consentida que me he vuelto. En vez de eso, ese mismo día, más tarde, me da un pequeño aparato que se parece a un localizador anticuado.

—Si pulsas este botón, recibiré un mensaje —me explica—. Y, si puedo, vendré a por ti. O enviaré a alguien para que te ayude.

—Gracias —digo, sintiéndome realmente agradecida y cada vez más esperanzada.

Igual un día me libera de verdad o, por lo menos, me da la suficiente libertad como para que pueda huir.

Por supuesto, sé que no debo contar con ello. Cada día, Lucas pasa un rato interrogándome en las comidas y, aunque hasta ahora mis evasivas han funcionado, me temo que, con el tiempo, perderá la paciencia y recurrirá a métodos más infalibles para sacarme la información.

No ha pasado tanto tiempo y ya puedo notar cómo aumenta su frustración.

—No les debes una mierda —dice con rabia cuando me niego a hablar de la agencia por quinta vez—. Te reclutaron cuando eras una puta cría. ¿Qué clase de cabrón manda a una niña de dieciséis años a una ciudad corrupta como Moscú y le dice que se acueste con quien haga falta para conseguir secretos del gobierno? Joder, Yulia. —Golpea la mesa con la palma de la mano—. ¿Cómo puedes ser leal a esos hijos de puta?

En efecto, ¿cómo? Quiero gritarle, decirle que no entiende nada, pero me quedo callada mirando al plato. No hay nada que pueda decirle que no ponga a Misha en peligro y arruine su vida. No le soy leal a Obenko o a la agencia, ni siquiera a Ucrania.

Soy leal a mi hermano, la única familia que me queda.

Para mi alivio, Lucas hace caso omiso a mi falta de respuestas y acabamos cambiando de tema, centrándonos en una novela de suspense postapocalíptica que había leído ese día. La debatimos en detalle, como solemos hacer con los libros y las películas, y los dos estamos de acuerdo en que el autor ha hecho un buen trabajo al explicar por qué los científicos no pudieron evitar que la plaga gris dominara el mundo. La comida acaba de manera amistosa, pero mi determinación por escapar es más fuerte.

Al final, Lucas se hartará de mi silencio y no quiero estar cerca cuando lo haga.

AL PLANEAR MI HUIDA, ME DOY CUENTA DE QUE ME enfrento a tres obstáculos importantes: estar atada cuando Lucas no está por aquí, el nivel de seguridad militar de la instalación y el propio Lucas. Cualquiera de los tres sería suficiente para frenarme, pero, cuando se combinan entre sí, la huida es imposible.

En principio, no debería ser difícil. Cuando Lucas está en casa, suele dejarme desatada, así puedo comer en la mesa e incluso hacer unos cuantos estiramientos y ejercicios corporales para mantenerme en forma. Sin embargo, durante esos ratos, siempre permanece ojo avizor, y sé que no puedo ganar en una pelea física contra él. Incluso si consiguiera coger un cuchillo, probablemente me lo quitaría antes de que le causara una herida grave. Con una pistola sería diferente, pero, dentro de la casa, no he visto nada más mortífero que un cuchillo de cocina. Sé que Lucas suele llevar armas, el primer día lo vi con un rifle de asalto, pero debe de dejarlas en el coche o en algún otro lugar en el exterior.

Aunque parezca mentira, tengo más oportunidades de escaparme cuando él no anda cerca.

Con ese propósito, cada vez que Lucas me ata, pongo a prueba la cuerda para ver si ha dejado algo de margen y todas las veces descubro que no lo ha hecho. Las ataduras siempre están lo bastante apretadas como para mantenerme sujeta sin cortarme la circulación. No quiero hacerme marcas delatoras en la piel, así que no tiro muy fuerte de la cuerda. Incluso si consiguiera liberarme, tendría que pasar delante de las torres de vigilancia y atravesar la jungla patrullada por los hombres de Esguerra y por drones de alta tecnología, suponiendo que Lucas no me atrapase antes de llegar hasta allí.

Para tener una oportunidad, necesito que mi captor esté lejos y conocer el horario de las patrullas.

Comienzo por intentar sonsacar a Lucas sobre esto último cuando estamos en la cama, relajados y satisfechos tras una larga sesión de sexo.

—¿Cómo te has hecho esto? —le pregunto mientras sigo con el dedo un moratón en las costillas—. No habrán atacado la instalación, ¿no?

Finjo preocupación, pero solo parcialmente; me inquieta la idea de que hieran a Lucas de cualquier manera. Parece invulnerable, cada centímetro de su cuerpo está compuesto de músculos duros, pero sé que eso no le salvará de una bomba o de un arma de fuego. La esperanza de vida en su trabajo es mucho más corta que la media; lo que me produce desasosiego cuando lo pienso demasiado.

—No, nadie atacaría el complejo —dice Lucas con una sonrisa en los labios—. Me he hecho este moratón en el entrenamiento, nada más.

—Ya veo. —Actuando por un impulso irracional, le doy un beso suave en la zona afectada antes de volver a encontrarme con su mirada—. ¿Por qué no iban a atacarlo? ¿Tu jefe no tiene un montón de enemigos?

—Sí, los tiene. —Los ojos de Lucas se oscurecen mientras me desliza la mano por el pelo y me guía más abajo, hacia el estómago—. La seguridad es muy buena. Y ahora —añade, empujándome la cabeza hacia su creciente erección—, quiero otra cosa que también es buena.

Para enmascarar mi decepción, le rodeo la polla con los labios y chupo fuerte, como a él le gusta.

Lucas es demasiado inteligente como para darme los detalles que necesito sobre la seguridad de la instalación, lo que quiere decir que tendré que pensar en otra cosa.

LOS DÍAS SE HACEN ETERNOS Y NO SE ME OCURRE UN plan de escape viable; me consuela saber que estoy utilizando este tiempo para reponerme de la terrible experiencia en la cárcel rusa y recuperar las fuerzas. Entre que estoy sentada la mayor parte del día y que ingiero cada bocado de comida que Lucas me pone delante, sin importar lo insulso que sea, voy recuperando mi peso y mi cuerpo vuelve a tener las curvas que perdió durante aquellas semanas de casi inanición. Después de nueve días en casa de Lucas, ya no soy un esqueleto y me muero por algo distinto a sándwiches y cereales con leche fría.

—En serio, deberías dejarme cocinar —digo, después de comer otro sándwich en el almuerzo—. Puedo hacer tortillas, sopa, pollo, cordero, puré de patatas, ensaladas, arroz, postres… Lo que quieras, de verdad. Si no te fías de mí con un cuchillo, me puedes ayudar a cortar los ingredientes. Yo pondré los condimentos y demás cosas. Estarás totalmente seguro, a no ser que guardes raticida en la cocina.

Se ríe, haciéndome pensar que va a ignorar mi oferta, pero esa misma tarde trae varias cajas de comida con todo tipo de frutas y verduras, dos tipos de pescado fresco, varios pollos enteros, una docena de chuletas de cordero y una colección completa de especias.

—¿De dónde ha salido todo esto? —pregunto, mirando el obsequio con asombro. En esas cajas hay suficiente comida para alimentar a cinco personas, suponiendo que una de ellas sepa prepararlo todo, claro.

—Esguerra recibe envíos todas las semanas, así que

he cogido un poco para nosotros —dice Lucas—. Me imagino que es hora de poner a prueba tus habilidades culinarias.

No puedo ocultar mi alegría por la sorpresa.

—¿Confías en mí para que cocine?

—Confío en ti para que me dirijas —sonríe—. Te vas a sentar ahí. —Señala la mesa de la cocina—. Y me vas a decir exactamente lo que tengo que hacer. Seguiré tus instrucciones y ¿quién sabe? Igual aprendo algo.

—Vale —acepto, muy emocionada por la perspectiva de darle órdenes a Lucas—. Puedo hacer eso. Vamos a empezar por guardarlo todo y esta noche haremos costillas de cordero con patatas al eneldo y ensalada.

17

Lucas

MIENTRAS PELO LAS PATATAS Y PICO EL AJO SIGUIENDO los consejos de Yulia, ella está reclinada en la silla de la cocina mientras le brillan los ojos azules por la diversión.

—Sabes que no tienes que llevarte la mitad de la patata al pelarla, ¿verdad? —Sonriendo, echa un vistazo al montón de patatas destrozadas en la encimera—. ¿Nunca has hecho esto?

—No —contesto, intentando no cortar muy profundamente el tubérculo con el que estoy ahora. Es más difícil de lo que parece—. Y ahora sé por qué.

—¿No os hacían pelar patatas en la marina?

—No, eso es cosa del pasado. Teníamos trabajadores privados que se ocupaban de la cantina.

—Ya veo. Bueno, necesitas un pelapatatas —dice, cruzando las largas piernas—. Como en todo lo demás, una herramienta especializada es de gran ayuda.

—Un pelador. Entendido. —Me apunto mentalmente que tengo que pedir uno. También hago lo posible para mantener la vista lejos de esas piernas desnudas que me distraen. Hace cuatro días le conseguí a Yulia algo de ropa, pero es veraniega y muy corta y ahora me estoy dando cuenta de mi error.

Vestida con un top blanco que deja al descubierto el abdomen y unos pequeños pantalones cortos vaqueros, el cuerpo bien nutrido de Yulia es imposible de ignorar.

—Vale, creo que ya hay suficientes patatas —dice, levantándose. Las chanclas, los únicos zapatos que le he conseguido, hacen ruido al chocar con las baldosas del suelo cuando se acerca a mí—. Ahora tenemos que mezclar el ajo con el eneldo, la sal y la pimienta y ponerlo todo en una sartén. Tienes aceite, ¿no?

—Aceite. Vale. —Cojo una botella de aceite de oliva de un armario a mi izquierda—. ¿Lo echo por encima de las patatas?

Apoya la cadera contra el borde de la encimera.

—Me estás vacilando, ¿verdad?

Frunzo el ceño, sin entender la broma.

Estalla en carcajadas.

—Lucas, en serio. ¿Nunca has freído nada en tu vida?

—Nada que fuera comestible después —admito a regañadientes—. Lo habré intentado una o dos veces y me he dado por vencido.

—Vale. —Yulia consigue parar de reír lo suficiente como para explicármelo—: Echas el aceite en la sartén. No, no tanto. —Me quita la botella antes de que pueda verter más de un cuarto de su contenido. Riéndose histéricamente, coge una servilleta de papel y la mete en el aceite, retirando el exceso—. No vamos a freír a las pobres patatas en tanto aceite —me explica cuando es capaz de volver a hablar de nuevo.

—Muy bien —digo, observándola mientras coge las patatas y el ajo y lo pone todo sobre el aceite de la sartén. Sus movimientos son rápidos y seguros, mueve las manos delgadas con elegante agilidad.

No mentía cuando dijo que sabe lo que hace.

—Ojalá tuviéramos eneldo fresco —dice, cogiendo uno de los botes del especiero—. Aunque creo que el seco también sirve. La próxima vez, si te gusta este plato, ¿crees que podrías conseguir especias frescas?

—Claro. —«Especias frescas». Tomo otra nota mental—. Puedo conseguir cualquier cosa.

—Estupendo. Ahora, si no te importa, sazonaré esto yo misma. Las patatas no estarán nada ricas si les echas el salero entero. —Parece que se va a echar a reír otra vez.

—Adelante —digo, poniendo el cuchillo que he usado para pelar las patatas detrás de mí—. Este desorden es todo tuyo.

Y, durante la siguiente media hora, observo a Yulia moverse por la cocina, tarareando en voz baja. Sazona y fríe las patatas, recubre las costillas de cordero con algún tipo de adobo y lava las verduras para la ensalada. Casi vibra de entusiasmo y, por primera vez, me doy cuenta de lo poco que he visto esta faceta suya, de lo sumisa que suele ser en mi presencia.

Por supuesto, no me sorprende. Aunque no la haya herido, es mi prisionera y sé que todavía no se fía de mí. No importa cuánto la presione para obtener respuestas, cambia de tema o se niega a responderme. Me frustra, pero me obligo a ser paciente.

Cuando Yulia se dé cuenta de que no quiero hacerle daño, espero que vea la luz y delate a las personas que le jodieron la vida. Por el momento, todo lo que puedo hacer es mantenerla razonablemente cómoda y atada hasta que lleguen los rastreadores que he pedido.

—Todo listo —dice cuando suena la alarma del horno. Con una sonrisa radiante, se agacha para sacar las costillas de cordero y se me pone dura la polla al verle el culo en esos pantalones tan cortos.

Si el cordero no oliera tan bien, hubiera arrastrado a Yulia a la cama en este momento.

Tal y como estoy, mientas ella lleva el plato a la mesa, tengo que respirar profundamente varias veces para controlarme. Es ridículo. Siempre he tenido un deseo sexual intenso, pero, alrededor de Yulia, soy como un adolescente cachondo viendo su primera película porno. Quiero follármela todo el tiempo y no importar lo a menudo que me la tire, el deseo no disminuye.

En todo caso, aumenta.

Me lleva unas cuantas inspiraciones más hacer que la erección baje lo suficiente como para ayudarla a poner la mesa. Para entonces, Yulia ya tiene la ensalada preparada con elegancia en un bol y la sartén con las patatas en el centro de la mesa, sobre una toalla cuidadosamente doblada. Supongo que para evitar que la sartén caliente queme la mesa, una solución inteligente que también usaba el ama de llaves de mis padres.

Finalmente, nos sentamos a comer los dos.

—Yulia, esto está buenísimo —digo, tras engullir la mitad del plato en menos de un minuto—. Lo mejor que he probado en mucho, mucho tiempo.

Me sonríe contenta y coge una costilla de cordero.

—Me alegro de que te guste.

—¿Gustarme? Me encanta. —No me acuerdo de la última vez que una comida me produjo tanta satisfacción. Las sabrosas patatas casan perfectamente con el rico cordero y con las verduras crujientes con un toque de limón de la ensalada—. Si pudiera comer esto tres veces al día, lo haría.

La sonrisa de Yulia se hace más amplia.

—Bien. Además, había pensado en hacer postre, pero he supuesto que acabaríamos demasiado llenos después de esto. Mejor solo tomamos unas uvas.

—Lo que tú digas —balbuceo, con la boca llena de patatas—. Todo me parece bien.

Se ríe y ataca su propia comida. Comemos en un silencio cómodo y agradable y, cuando hemos acabado con la mayoría de la comida, guardo las sobras y lavo los platos. Lo hago de manera automática, sin pensar, y solo cuando me siento a comer las uvas me doy cuenta de lo satisfecho que me siento.

No, más que satisfecho.

Soy feliz, joder.

Entre la comida, la gran sonrisa de Yulia y la expectativa de llevarla a la cama, esta noche estoy disfrutando de verdad. Y, mientras cojo un puñado de uvas, me doy cuenta de que no ha sido solo hoy.

Esta semana pasada, desde que decidí quedarme con Yulia, ha sido la más feliz de los últimos tiempos.

—Así que, Lucas —dice Yulia antes de que pueda procesar esta revelación—, cuéntame algo... —Contrae los labios suaves en una sonrisa mal reprimida—. ¿Cómo has llegado tan lejos en la vida sin pelar una patata?

Exploto una uva en la boca mientras reflexiono sobre la pregunta.

—Supongo que me criaron de manera consentida —contesto tras tragar la uva—. Teníamos una criada, así que ninguno de mis padres hacía tareas del hogar ni me obligaba a hacerlas. Más tarde, cuando estaba en la marina, comíamos cualquier cosa que nos sirvieran y, después de eso... —Me encojo de hombros, recordando los penosos días de acampada en la jungla con pequeños grupos de hombres tan anárquicos y desesperados como yo—. Supongo que simplemente veía la comida como sustento. Mientras no tuviera hambre, no pensaba mucho en ella.

—Ya veo. —Me mira pensativamente—. ¿Qué te hizo irte de casa? Pasar de una familia con criada a enrolarte en la marina es dar un gran paso.

—Supongo que lo fue. —Mis padres seguramente pensaron que me había vuelto loco—. Simplemente, me pareció lo mejor en aquel momento de mi vida.

—¿Por qué? —Yulia parece sinceramente desconcertada—. En Estados Unidos no tenéis que hacer la mili. ¿Te sentiste atraído por defender a tu país?

Me río entre dientes.

—Algo así. —No voy a hablarle sobre el matón que asesiné en aquella estación de metro en Brooklyn o el subidón que me dio ver la sangre derramarse en mis manos. Ya me teme, no necesita saber que me convertí en un asesino a los diecisiete años.

—Eso es muy loable por tu parte —dice Yulia, y percibo el escepticismo en su voz—. Muy sacrificado.

—Sí, bueno, alguien tenía que hacerlo. —Me como otra uva, dejando que el jugo frío y dulce me baje por la garganta. Quiero que deje el tema, así que añado—: Igual que alguien tiene que ser espía, ¿verdad?

Como había supuesto, enmudece y adopta la expresión hermética que siempre pone cuando me acerco demasiado a ese tema.

—¿Quieres tomar un té? —pregunta poniéndose de pie—. He visto que hay algo de Earl Grey en una de esas cajas.

Me recuesto en la silla, observándola.

—Claro. —Puedo contar con una mano las veces que he tomado té, pero lo he cogido porque me he acordado de que Yulia lo bebía en el restaurante de Moscú en el que nos conocimos—. No me importaría tomar uno.

Pone agua a hervir y prepara dos tazas con movimientos tan elegantes como siempre. Todo en ella es elegante, me recuerda a una bailarina.

—¿Alguna vez has hecho ballet? —pregunto según se me ocurre la idea—. ¿O es un estereotipo sobre las chicas de Europa del Este?

Yulia gira la cara hacia mí con una taza en cada mano:

—Es un cliché —dice, su expresión tensa se debilita —. Sin embargo, en mi caso, es verdad. Mis padres me hicieron ir a clases de ballet desde los cuatro años. Pensaron que me ayudaría a superar mi timidez.

—¿Eras tímida de pequeña?

—Mucho. —Vuelve a la mesa—. No era una niña mona, todo lo contrario. Los otros niños se burlaban de mí a menudo.

—¿En serio? No puedo imaginarte sin ser guapa. — Acepto la taza que me tiende—. ¿Cómo pasa una de niña poco mona a la mujer más atractiva que haya visto nunca?

Un color cálido se le extiende por los altos pómulos.

—No soy exactamente Helena de Troya. —Se sienta, sujetando su taza—. Mi madre era guapa, eso sí, así que creo que tengo alguno de sus genes. Simplemente aparecieron más tarde, después de pasar por la pubertad. Ah, y los aparatos también ayudaron. —Me ofrece una gran sonrisa que muestra unos dientes blancos y rectos.

—Sí, seguro —digo con ironía—. De fea del todo a completamente hermosa, así como así.

Se encoge de hombros, ruborizándose de nuevo, y, en mi mente, de repente, aparece una imagen de ella como una niña tímida.

—Apuesto a que eras mona —digo, estudiándola—. Todo ese pelo rubio y esos grandes ojos azules. Simplemente no te dabas cuenta. Por eso te sacaron del orfanato, ¿no? ¿Porque vieron tu potencial?

Yulia se tensa, y sé que me he vuelto a acercar demasiado al tema prohibido. Se me ensombrece el ánimo al darme cuenta de que no he hecho ningún progreso con ella durante los últimos días. Puede que me sonría, cocine para mí y me acepte de buen grado dentro de su cuerpo, pero todavía no se fía de mí lo más mínimo.

—Yulia. —Aparto el té a un lado—. Sabes que esto no puede seguir así para siempre, ¿verdad? Algún día tendrás que contármelo.

Mira al fondo de su taza, su lenguaje corporal me grita que la deje en paz.

—Yulia. —Conteniendo apenas el mal genio, me levanto y me acerco para ponerla de pie. Sujetándola por los brazos, observo su mirada rebelde—. ¿Quiénes son?

Se queda en silencio, con sus densas pestañas bajas para ocultar sus pensamientos.

—¿No me vas a hablar de ellos?

No contesta, tiene los ojos fijos en algún punto de mi cuello.

La agarro más fuerte por los brazos y se encoge, tensándose ante mi sujeción. Al darme cuenta de que le estoy haciendo daño, me obligo a abrir los dedos y dejar caer las manos. Me estoy enfadando, cosa que no es buena. Que no esté dispuesto a torturarla significa que tengo que ganarme su confianza para obtener respuestas, y esta no es la manera de hacerlo.

Cojo una bocanada de aire para recuperar el control, levanto la mano y le pongo el pelo detrás de la oreja, teniendo cuidado de mantener el gesto dulce y no amenazador.

—Yulia. —Le acaricio la mejilla con el dorso de los dedos—. Cielo, no se merecen tu lealtad. Te arruinaron la vida. Lo que te hicieron está mal, ¿no lo ves? Te he dicho que voy a protegerte de ellos y de cualquiera que quiera hacerte daño. No tienes que tener miedo de contármelo. No te voy a delatar cuando tenga esa información, te doy mi palabra.

Bate las pestañas cuando se encuentra con mi mirada.

—¿Y qué vas a hacer si te hablo de ellos? ¿Qué le va a pasar a la agencia?

Borro mi sonrisa complacida. Esto es lo más cerca que va a estar de ceder.

—Vamos a ocuparnos de ellos.

—¿De la manera en la que os ocupasteis de Al-Quadar? —Ha agrandado los ojos con lo que parece curiosidad y esperanza—. ¿Los vais a aniquilar?

—Sí, estarás a salvo de ellos. Para cuando acabemos, nadie conectado a la organización andará por ahí para hacerte daño. —Mi intención es que mis palabras sean un consuelo, una promesa de que vendrán tiempos mejores, pero, mientras hablo, veo que a Yulia se le va el color de la cara.

Se aleja de mí, vuelve a bajar las pestañas para ocultar la mirada y una sospecha repentina me revuelve por dentro.

—Yulia. —La cojo del brazo mientras se gira. Le doy la vuelta para para ponerla frente a mí y mirarle la palidez de la cara—. ¿Estás protegiéndolos? ¿Estás protegiendo a alguien de allí?

No dice nada, pero puedo ver la tensión en el rostro y el miedo que está intentando ocultar con tanto ahínco. Esto va más allá de simple lealtad hacia un jefe, más allá de la preocupación por los compañeros de trabajo.

Está aterrorizada, igual que alguien lo estaría por una persona a la que quiere.

Anonadado, le suelto el brazo y me aparto. No sé por qué nunca se me había ocurrido esa posibilidad. Estaba tan obsesionado por la idea de que le habían jodido la vida que nunca se me había ocurrido que podía haber alguien en Ucrania que le importara.

Que podía tener un amante que no formara parte de una misión.

EL RESTO DE LA TARDE FUNCIONO CON EL PILOTO automático encendido. Esguerra y yo tenemos otra llamada nocturna con Asia, así que ato a Yulia en mi despacho y le permito leer mientras me ocupo de los negocios. Se muestra inusualmente cautelosa a mi alrededor, mirándome como si pudiera atacarla en cualquier momento, y su miedo se suma a la rabia que me burbujea en lo más profundo del pecho. Me cuesta lo indecible darle un libro y salir de la habitación sin agarrarla y exigirle respuestas.

Sin recurrir a la violencia que no puedo ni quiero usar contra ella.

Mientras oigo debatir a nuestros proveedores malasios sobre la calidad del último lote de explosivos plásticos, intento que mis pensamientos no se desvíen hacia mi prisionera, pero es imposible. Una vez que tengo la idea en la cabeza, no puedo apartarla.

Un amante. Un hombre que le importa a Yulia y al que quiere proteger.

La mera idea me llena de furia asesina. ¿Quién es? ¿Otro agente de su agencia? ¿Quizás alguien a quien conoció durante su entrenamiento? No lo puedo descartar. Sería muy joven cuando lo conoció, pero las chicas de su edad se enamoran todo el tiempo. Podría ser otro aprendiz, alguien con quien ella se sintiera cómoda porque compartían las mismas experiencias. O podría ser mayor, un instructor o un agente ya formado. Kirill no pudo ser el único que se diera cuenta de que el patito feo se estaba convirtiendo en un cisne.

Cuanto más pienso en ello, más probable me parece. Se podrían haber conocido durante su entrenamiento y seguir con su romance más adelante. Que el trabajo de Yulia consistiera en acercarse a los hombres para obtener información no significa que no haya tenido una relación genuina. Y, si es así, la opción más lógica como amante sería otro agente. Alguien de su organización habría entendido su profesión, le habría perdonado por hacer lo que tenía que hacer.

Habría aceptado que me dejara follármela a la vez que estaba enamorada de él.

Se me rompe en las manos el lápiz con el que he estado jugueteando durante la llamada; el crujido es sorprendentemente fuerte durante la pausa de la conversación. Esguerra levanta las cejas, mirándome con frialdad, y me obligo a soltar los trozos rotos del lápiz.

No puedo ceder ante esta ira. No puedo permitirme perder el control. Necesito pensar en una nueva estrategia, algo que no dependa de que Yulia confíe en mí.

Si tengo razón sobre su amante, nunca me dará las respuestas que busco.

Protegerá a su agencia porque él es parte de ella.

Yulia sigue leyendo cuando entro en mi despacho, con la cabellera rubia inclinada sobre las páginas abiertas de una novela de tecnosuspense de Michael Crichton. Tiene el libro sobre el regazo, la única posición que le permiten las cuerdas que la sujetan contra el sillón.

Al oír que entro, levanta la cabeza con la mirada llena de recelo. Espera que la presione para obtener información y ese miedo es como gasolina para las llamas de mi ira.

Nada más lejos de mi intención defraudar a mi prisionera.

—¿Por qué los proteges? —Cruzo la habitación y me paro delante de ella. Mi voz es fría, aunque el enfado que corre por mis venas es lo suficientemente caliente como para quemar—. ¿Qué significan para ti?

La mirada de Yulia baja a mi estómago.

—No sé de qué hablas.

—No me mientas. —Me agacho delante de ella, para que tengamos los ojos al mismo nivel. Extiendo la mano, le agarro de la mandíbula y la obligo a mirarme —. No quieres que vayamos a por tu agencia. ¿Por qué? —Se queda en silencio mientras me mantiene la mirada —. ¿Hay alguien a quién estés protegiendo?

Abre los ojos ligeramente, y detecto una pizca de pánico en el fondo de sus pupilas azules.

—No, claro que no —dice a toda velocidad.

Está mintiendo. Sé que lo hace, pero le sigo la corriente.

—Entonces, ¿por qué no me lo cuentas?

—Porque no se merecen vuestra venganza. —Las palabras le salen atropelladas, rápidas y desesperadas—. Solo estaban haciendo su trabajo, protegiendo nuestro país.

—¿Así que para ti la cosa va de patriotismo? ¿Es eso lo que me quieres decir?

—Por supuesto. —El pulso le palpita visiblemente en la garganta—. ¿Por qué lo haría si no?

—Igual porque te reclutaron cuando eras una puta cría. —La presiono con más fuerza sobre la mandíbula—. Porque la única opción que te dieron era hacer de puta para ellos o pudrirte en el orfanato.

Yulia se encoge ante mis duras palabras, se le llenan los ojos de lágrimas y paro, luchando contra un aumento de la ira. Me doy cuenta de que le estoy clavando los dedos en la piel, abro la mano y la bajo hasta el regazo. La mano se me cierra inmediatamente en un puño y ella se encoge contra la silla, como si temiera que fuera a golpearla.

Con esfuerzo, relajo la mano.

—Yulia. —Consigo moderar el tono—. Son unos putos monstruos. No sé por qué no puedes verlo.

Cierra los ojos y veo caer una lágrima por la mejilla.

—No es tan sencillo —susurra, abriendo los ojos para mirarme de nuevo—. No lo entiendes, Lucas.

—¿No? —Incapaz de resistirme, levanto la mano y

limpio el rastro húmedo de su cara—. Entonces explícamelo, preciosa. Haz que lo entienda.

—No puedo. —Se le escapa otra lágrima, deshaciendo mi trabajo—. Lo siento, pero no puedo.

—¿No puedes o no quieres? —Solo se me ocurre una razón para su continuo silencio. Mis sospechas eran correctas. Yulia está protegiendo a alguien, alguien de quien no me puede hablar porque sabe lo que pasará cuándo sepa de su existencia.

Porque sabe que morirá en mis manos.

No contesta a mi pregunta. En cambio, dice en voz baja:

—¿Puedo ir al baño? Lo necesito de verdad.

La miro y mi enfado aumenta. En menos de cinco días me voy a Chicago y todavía no estoy cerca de obtener respuestas.

Nunca lo voy a conseguir mientras ella siga amándolo.

Al mirar su cara surcada de lágrimas me viene una idea, una que ya había descartado por ser demasiado cruel. Sin embargo, ahora, con esta nueva información inflamando mi furia no puedo verlo de otra manera. No puedo tener a Yulia encerrada en mi casa para siempre, en algún momento tendré que darle más libertad y, cuando lo haga, necesito estar seguro de que no tiene ningún lugar al que huir para esconderse.

Tengo que asegurarme de que no vuelva con él.

Meto la mano en el bolsillo, saco la navaja y corto las cuerdas mientras me mira, pálida y visiblemente asustada.

Convierto la cara en una dura máscara de impasibilidad, le agarro del brazo delgado y la pongo en pie.

—Vamos —le digo, mi voz es fría como el hielo.

Mientras la llevo por el pasillo, reafirmo mi resolución.

Es hora de ponerse serio.

De una manera o de otra, Yulia va a hablar esta noche.

18

Me martillea el pulso con ansiedad mientras caminamos hacia el baño en silencio. Puedo sentir la ira de Lucas. Es distinta a la que he visto en él hasta ahora, es más fría y controlada. Está furioso y decidido, y eso me asusta más que si hubiera explotado contra mí.

Me deja ir al baño sola, como de costumbre, y cierro la puerta detrás de mí, apoyándome contra ella para reflexionar y calmar mi frenético ritmo cardíaco. Noto lo que he comido en la cena como una piedra en el estómago. No he sentido ninguna punzada de terror durante una semana y se me había olvidado lo poderosa que puede ser.

«Me ha mentido. Me mintió cuando me prometió que no me haría daño». Le he podido ver las intenciones oscuras en la cara, sentir la violencia apenas contenida al tocarme.

Me va a hacer algo esta noche, algo terrible.

Me encuentro mal, por lo que uso el baño y me lavo las manos, consiguiendo moverme a pesar del pánico. Saber que Lucas me ha traicionado es como una lanza que me atraviesa el pecho. Al principio, sospechaba que podía estar jugando conmigo, pero a medida que pasaban los días comencé poco a poco a perder la desconfianza natural hacia él, a creer que la extraña tranquilidad de nuestro acuerdo podría seguir durante algún tiempo.

A tener la esperanza de que no me haría daño.

«Dura. Dura, dura, dura». La palabra rusa que significa «tonta» me resuena como un martillo en la cabeza. ¿Cómo he podido ser tan idiota? Sé lo que es Lucas. Veo los demonios que lo guían. Mi captor es un hombre que se alejó de un hogar bueno y seguro para embarcarse en una vida de peligro y violencia, y no lo hizo por amor a su país.

Lo hizo porque está en su naturaleza, porque necesitaba encontrar una vía de escape para la oscuridad que tiene dentro.

He conocido a otros como él: mis instructores, el propio Obenko… Todos comparten esa característica, esta incapacidad de formar parte de una sociedad pacífica y de regirse por sus leyes. Es lo que les hace tan buenos y peligrosos en su trabajo.

Cuando no existe la conciencia, es fácil hacer lo que hay que hacer.

—Yulia. —Me sobresalta un golpe en la puerta y me doy cuenta de que llevo bastante tiempo aquí parada, absorta en mis pensamientos—. ¿Has acabado? —La voz profunda de Lucas rompe mi parálisis y entro en acción, el miedo se ahoga en una ola de adrenalina.

—Casi —chillo, levantando la voz para que se me oiga por encima del grifo abierto—. Solo tengo que lavarme la cara.

Dejo el grifo abierto para enmascarar los sonidos de mis movimientos, me arrodillo y abro el armario de debajo del lavabo. Allí, entre rollos de papel y tubos de pasta de dientes de repuesto, se encuentra el objeto que escondí para un momento como este.

Es un pequeño tenedor de metal que robé de la cocina hace dos días, deslizándolo en el bolsillo de los pantalones cortos mientras Lucas fregaba los platos. Lo había dejado en la cocina, en el cajón de las servilletas, junto a otros objetos pequeños, probablemente sin ser consciente de que estaba allí. Lo cogí al ir a por servilletas limpias para la mesa y lo escondí aquí, con la esperanza de no tener que utilizarlo nunca.

Bueno, ahora lo necesito. El pequeño tenedor no es gran cosa, pero es un arma más robusta que un cepillo de dientes de plástico.

Ignorando la parte de mí que se rebela ante la idea de herir a Lucas, cojo el tenedor, lo meto en el bolsillo trasero de los pantalones y cierro el armario.

No puedo permitirme ceder.

La vida de mi hermano depende de ello.

~

LUCAS ME LLEVA AL DORMITORIO, GUIÁNDOME EN silencio de nuevo. No cometo el error de saltar sobre él nada más salir, no lo pillaría por sorpresa una segunda vez. En cambio, camino con toda la calma que consigo reunir, intentando no pensar en el pequeño tenedor que me quema en el bolsillo. Sé que Lucas siempre me mira las manos, así que las mantengo flojas y relajadas junto a mis costados, luchando contra el instinto que me grita que me defienda, que ataque ya.

—Desnúdate —dice Lucas, parándose delante de la cama. Mantiene sus ojos claros bajos mientras me suelta el brazo y se aparta. Siento su hambre. Es oscura y potente, a pesar del evidente enfado helado que le impregna las líneas duras de la cara.

Esto no va a ser una tierna sesión de hacer el amor. Me va a hacer daño. Me cuesta muchísimo alcanzar el borde de la camiseta corta y pasarla por encima de la cabeza, mostrando los pechos ante su mirada. Noto el nudo de la garganta tan apretado que apenas puedo respirar, pero dejo caer la camiseta y me enfrento a él sin encogerme de miedo. Lo peor que puedo hacer ahora es demostrar lo aterrorizada y desesperada que estoy.

—El resto —me apremia Lucas cuando hago una pausa. No cambia la expresión, pero veo el bulto que crece en sus vaqueros—. Quítatelo todo o lo haré yo. —

Flexiona los músculos de los brazos, traicionando su impaciencia.

Me esfuerzo por sonreír de manera provocativa.

—Ah, ¿sí? —Despacio, muy despacio, alcanzo la bragueta, rezando para que no me tiemblen las manos —. ¿Y cómo vas a hacer eso exactamente?

Ante mi desafío, se le dilatan las aletas de la nariz y hace precisamente lo que esperaba.

Me alcanza y engancha los dedos en la parte de arriba de mis pantalones, apretándome contra su cuerpo duro. Jadeo juguetonamente, como si estuviera excitada por su rudeza y, mientras está distraído, deslizo la mano derecha en el bolsillo trasero, agarro el tenedor y ataco.

Con una especie de movimiento confuso, estiro la mano hacia su cara, buscando el ojo con el tenedor al mismo tiempo que muevo la rodilla hacia arriba, dirigiéndola a las pelotas. Cada lesión puede desorientarlo durante unos instantes cruciales y las dos a la vez deberían darme tiempo suficiente para correr.

Debería haber funcionado, lo hubiera hecho con cualquier otro hombre, pero Lucas no es cualquiera. Si yo soy rápida, él lo es más. En una fracción de segundo, da un salto hacia atrás. El tenedor le roza el pómulo y le golpeo el muslo interno con la rodilla. Después está sobre mí, retorciéndome el brazo derecho por detrás de la espalda con un movimiento rápido y despiadado. Me aprieta la muñeca con los dedos, haciendo que se me entumezca la mano. El tenedor se me escapa y, al momento, estoy boca abajo, con el estómago contra la cama, mientras me inmoviliza con su gran cuerpo. Puedo notar su erección latiendo contra el culo, siento la rabia y la lujuria que irradia y aparece un miedo antiguo, los recuerdos me inundan como una ola nauseabunda.

«No. Por favor, no». No me puedo mover, no puedo respirar. Estoy inmovilizada, indefensa, mientras unas rudas manos masculinas me arrancan la ropa. El hombre que tengo encima de mí quiere castigarme, hacerme daño. Lucho, pero no puedo hacer nada, y me engulle un pánico oscuro que me hace girar sin control.

—¡No, no, por favor! —Apenas soy consciente de mis gritos y chillidos, de las súplicas que me rasgan la garganta. Lo único que puedo sentir son esas manos bajándome los pantalones y sus rodillas clavándose en los muslos para mantenerme sujeta. No hay ninguna ternura en su tacto, nada más que cruda y vengativa lujuria, y me consume el terror cuando me invade el cuerpo con los dedos, empujando contra mí violentamente mientras grito y lloro de dolor.

—¡Para, por favor, para! —Ya no es Lucas el que está encima de mí, no es el hombre que me daba placer. Es el monstruo cruel de mis pesadillas, el que me hizo pedazos en cuerpo y alma. Los bordes de mi conciencia retroceden en una espiral hacia el pasado—. ¡No! ¡Para, por favor!

El monstruo no se detiene, no escucha.

—¿Quién soy? —gruñe, con dedos implacables—. ¿Cómo me llamo?

—¡No, para! —Me revuelvo debajo de él, sin que el

miedo me deje pensar. No entiendo lo que dice ni lo que quiere de mí. Tengo que escapar. Necesito que me libere—. ¡Suéltame!

—Dime cómo me llamo y pararé. —Hay algo raro en esta afirmación, algo que debería darme un respiro, pero no puedo pensar, no me puedo concentrar en nada que no sea el oscuro torbellino de terror.

—¡Suéltame!

Los dedos empujan más profundamente, su voz es dura y cruel:

—Di mi nombre.

—¡Kirill! —grito, desesperada por encontrar algo de esperanza, aunque sea mínima. Haré cualquier cosa que me pida con tal de que pare.

No se detiene:

—Mi verdadero nombre completo.

—¡Kirill Ivanovich Luchenko!

—¿Quién soy?

—¡Mi instructor! —La oscuridad me consume, me destruye—. ¡Para, por favor!

—¿Tu instructor de dónde?

—¡De la UUR!

—¿Qué es la UUR? —Me presiona con el cuerpo, aplastándome con su peso—. ¿Qué significa, Yulia?

—*Ukrainskoye...* —Lo extraño de todo esto irrumpe finalmente en mi terror y me paralizo; mi mente revolotea con agonía entre el presente y el pasado. No tiene sentido. Todo es diferente, todo está mal. Los dedos en mi interior son rudos, pero no me destrozan, y no huele a colonia.

«No huele a colonia».

—¿Qué significa? —repite el hombre y, por primera vez, noto la tensión en esa voz grave que me resulta familiar.

Una voz que no habla ruso.

«No. Ay, Dios, no». Darme cuenta me atraviesa como una flecha que me perfora los pulmones.

El que está encima de mí no es Kirill.

Es Lucas.

Ha sido Lucas todo el tiempo.

Ha convertido mi pesadilla en realidad, y he cedido.

Se lo he contado todo.

Lucas

YULIA AÚN SIGUE DEBAJO DE MÍ. TIENE EL CUERPO delicado dominado por violentos temblores, y sé que ya no está allí, en aquel lugar antiguo que tanto le aterroriza.

Ha vuelto aquí, conmigo.

Debería sentirme pletórico por esta victoria. El nombre de su antiguo instructor y las iniciales de la agencia son una pista sólida. Nuestros piratas informáticos rastrearán la red y es solo cuestión de tiempo que localicen a los jefes y al amante de Yulia.

He conseguido lo que me había propuesto.

Pero, por alguna razón, no me parece una victoria. Noto un dolor en el pecho mientras retiro los dedos del cuerpo de Yulia y siento un vacío dentro de mí, un hueco donde la rabia y los celos solían vivir.

Le he hecho daño. Aunque no mucho... quizá nada de nada, en cuanto a dolor físico. No estaba seca del todo y tuve cuidado de no herirla. Pero, aun así, lo he hecho.

Conocía sus traumas pasados y los he utilizado en su contra. Como sabía que tenía miedo de ser abusada sexualmente, esperé a que se asustara lo suficiente como para que me atacara y, luego, contrataqué de la manera que más teme.

He recreado todo lo que sucedía en su pesadilla para que aflorara la niña aterrada de quince años.

—Yulia. —Me alejo de ella y me siento, el dolor del pecho se intensifica mientras yace allí, sin dejar de temblar. Extiendo la mano y le acaricio con suavidad la espalda, incapaz de encontrar las palabras adecuadas. Siento la piel fría y húmeda bajo la punta de los dedos. Su respiración es inestable—.Cariño...

Se aparta y se encoge, convirtiéndose en un pequeño ovillo de extremidades desnudas. Aún lleva los pantalones cortos por las rodillas, pero no parece darse cuenta. Sigue haciéndose una bola, cada vez más y más pequeña, como si quisiera desaparecer.

—Ven aquí, pequeña. —No puedo evitar acercarme a ella. Se pone rígida cuando la llevo hasta mi regazo y cada músculo de su cuerpo permanece en tensión. Sé que lo último que quiere ahora mismo es que yo la toque, pero no puedo permitir que pase por esto sola.

Aunque sé que ama a otro hombre, no puedo dejar sola a Yulia.

Siento la humedad de la cara de Yulia contra el hombro mientras la abrazo. Le acaricio la espalda, el pelo y los músculos bien formados de las pantorrillas. Su piel desprende un aroma a melocotón que juega con mis fosas nasales, pero, en este momento, mi deseo sexual está dormido para así poder centrarme en su bienestar. Con las rodillas pegadas al pecho, Yulia parece pequeña como una niña, y todo el cuerpo encaja perfectamente en mi regazo. Su fragilidad me pesa, lo que se suma a la fuerte presión que siento en el corazón. No sé qué hacer, así que solo la abrazo y dejo que mi calor le calme la piel helada. No se aleja, no pelea conmigo y eso es suficiente por ahora.

Tiene que serlo.

—Lo siento —murmuro cuando sus temblores comienzan a desaparecer. Seguro que las palabras le suenan tan vacías como me suenan a mí, pero insisto, necesito que lo entienda—. No quería hacerte daño, pero teníamos que superar ese punto muerto. Nunca habrías confiado en mí lo suficiente como para hablarme de la UUR. Y ahora se acabó. Ya está hecho. Te prometí que no te haría daño si hablabas y no lo haré. Va a ir bien. Todo va a ir bien.

Cuando su amante haya muerto, va a ser mía y solo mía.

Yulia no dice nada, pero, tras varios minutos, su respiración se estabiliza y sus temblores se detienen.

Incluso su piel está más caliente, aunque sigo notando su cuerpo rígido entre mis brazos.

—¿Estás cansada, cariño? —susurro mientras le masajeo la espalda—. ¿Quieres dormir? —No responde, pero siento cómo su tensión aumenta—. No te preocupes, no te voy a tocar —digo al adivinar el motivo de su rigidez—. Solo vamos a dormir, ¿vale?

Sigo sin recibir respuesta, pero a estas alturas ya no espero ninguna. Mientras la acuno contra el pecho, me levanto y la llevo a su lado de la cama. Después, la coloco con suavidad sobre las sábanas. Yulia se aleja de mí al instante y se arropa con la manta. Yo dejo que lo haga mientras me desvisto y cojo las esposas.

Me tumbo a su lado, agarro la manta e intento cogerle la muñeca izquierda.

—Ven aquí, cariño. Ya sabes cómo funciona esto.

No se resiste cuando rodeo nuestras muñecas con las esposas. Dormir así debería ser incómodo, con ambas muñecas izquierdas unidas, pero estoy tan acostumbrado que ya me parece normal.

En cuanto tengo a Yulia bien sujeta, la aprieto contra el pecho y la abrazo por detrás. Cuando pego la ingle a su culo, noto un material áspero contra la polla desnuda y me doy cuenta de que ha conseguido subirse los pantalones cortos mientras me quitaba la ropa. Me planteo dejarla dormir así, pero, tras moverme varias veces para intentar encontrar una buena postura, me estiro para bajarle la cremallera del pantalón.

—Solo voy a abrazarte —le prometo, a la vez que le

bajo los pantalones cortos por las piernas. Permanece rígida, sin resistirse—. Tú también estarás más cómoda.

Tras quitarle los pantalones, la acerco para poder hacer la cucharita. Me asombra lo bien que encaja entre mis brazos. Antes de conocer a Yulia, no le veía el encanto a acurrucarse con una mujer, pero ahora no puedo imaginarme durmiendo sin estar abrazado a ella.

Cuando empiezo a pensar en que suelo abrazar a Yulia después de hacerlo, se me pone dura contra su culo. Dormir es mucho más fácil después de habérmela follado un par de veces.

Bueno, ¿qué se le va a hacer? Respiro hondo y me imagino arrastrándome por el barro en las montañas de Afganistán, con aguanieve helada empapándome la ropa. Cuando veo que no funciona, pienso en mis padres y en que nunca se tocaban ni se sonreían y sustituían la cortesía por el cuidado y la ambición mutua por el vínculo familiar.

Este último recuerdo sí me sirve y la erección se me baja lo suficiente como para poder relajarme. Consigo quedarme profundamente dormido y tengo sueños con tartas de melocotón, ángeles con largos cabellos rubios y una sonrisa.

La sonrisa alegre y sincera de Yulia.

 ulia

«Es culpa tuya, puta. Todo es culpa tuya»

Poco a poco y con cierta debilidad, comienzo a ser consciente de la extraña lejanía de las palabras, pero el miedo todavía me envuelve, como si me aplastara una manta sofocante que me deja sin aire. Puedo sentirle sobre mí y grito al intentar evitar la violación, el insoportable dolor.

—¡No, por favor, no!

—Shhh, cariño, no pasa nada. Solo estás teniendo una pesadilla.

Dos musculosos brazos me rodean con fuerza, me presionan contra un cuerpo duro y caliente y el terror sofocante disminuye, las voces crueles cada vez se oyen menos. Sollozo aliviada e intento girarme para así poder mirar a la persona que me abraza, pero hay algo rígido que me tira de la muñeca izquierda.

«Las esposas».

—¿Lucas?

—Sí, soy yo. —Unos labios calientes me acarician la sien mientras una mano grande me peina despacio el pelo—. Estoy aquí contigo. Estás bien. Ya estás a salvo.

«Está aquí conmigo». Hay algo en esa afirmación que debería preocuparme, pero, en este instante, solo puedo pensar en lo tentador que es su consuelo. Los brazos vigorosos de Lucas me rodean, me abrazan, me protegen en la oscuridad y el terror de mi sueño se aleja cada vez más, hundiéndose de nuevo en el fango del pasado.

Kirill no está. Aquí solo está Lucas y nadie me puede alejar de él.

—Cariño, tienes que dejar de moverte así —dice con voz ronca y tensa. Entonces noto que me estoy balanceando contra él en un intento de cobijarme aún más a los brazos. Mientras tanto, muevo el culo contra su ingle, provocando lo predecible.

El terror parpadea a lo lejos, el pánico regresa de golpe e intento girarme de nuevo para esconder la cara en el ancho pecho, pero las esposas no me lo permiten.

—Shhh, no pasa nada. Estás a salvo. —Se oye un tirón y un clic silencioso al girar la llave y abrir las esposas—. No tienes por qué preocuparte. No pasa nada.

«No pasa nada». El pánico se marcha sobre todo

cuando abrazo el pecho musculoso de Lucas e inhalo su conocido olor. Huele a gel y a piel cálida de hombre, huele a seguridad, fuerza y calma. Quiero envolverme en él como una enredadera, así que entierro la cara en su pecho, le apoyo la pierna sobre la cadera y le oigo gemir mientras se le pone dura contra mi abdomen.

Hay algo en esto que también debería preocuparme, pero con la mente todavía luchando contra el sueño, no consigo adivinar qué es. Solo quiero tenerlo cerca, todo lo cerca posible.

—Fóllame —susurro mientras deslizo una mano entre nuestros cuerpos para agarrarle las firmes pelotas.

—Lucas, por favor, fóllame.

—Tú… —Su voz suena ahogada—. ¿Quieres?

—Sí, por favor, Lucas. —Sé que suplicar es patético, pero lo necesito. Lo necesito para ahuyentar el miedo.

—Por favor. —Le agarro la polla e intento guiarla hacia mi sexo—. Por favor, fóllame. Por favor.

—Sí, joder, sí. —Aunque parece incrédulo, se sube encima de mí con las caderas entre los muslos abiertos —. Todo lo que quieras, preciosa. Todo lo que me…— Me penetra con fuerza— …pidas.

Gemimos a la vez cuando llega hasta el fondo con su polla y su grosor me dilata al máximo. No estoy tan húmeda como de costumbre, pero no importa. La fricción casi dolorosa, la fuerza abrumadora de su repentina inserción, es justo lo que necesito. Lo importante no es ni el sexo ni el placer.

Lo importante es ser suya.

—Yulia… —Su voz se vuelve un gemido desesperado a medida que se mueve dentro de mí—. Dios, cariño, qué bien me haces sentir…

—Sí. —Envuelvo los fuertes muslos con las piernas, para así ayudarle a que llegue aún más dentro de mí—. Sí, así, sigue. Dios, sigue.

Obedece, mantiene un ritmo fuerte y constante, y me olvido del malestar inicial. Mientras sigue empujando, un calor desenfrenado se enciende en mi interior, una necesidad puramente animal. Quiero que me folle tan fuerte que me duela, que me haga llegar al orgasmo con tanta intensidad que me olvide de mi propio nombre.

Quiero que su brutalidad mate mis demonios.

—Más fuerte —susurro, hundiéndole las uñas en la espalda—. Fóllame más fuerte.

Se tensa, un escalofrío recorre su enorme cuerpo, y siento cómo la polla se le hincha aún más. Un gruñido grave le retumba en el pecho y retoma el ritmo. Noto su musculoso culo tenso bajo las pantorrillas a la vez que me penetra, cada empujón es tan fuerte que casi me parte en dos. Esto debería ser demasiado para mí, demasiado intenso, pero mi cuerpo lo acoge, mi calor interior se intensifica con cada doloroso golpe. Puedo escuchar mis propios gritos. La presión explosiva se acumula y todos mis miedos se evaporan, sin dejar nada más que un placer abrasador.

—¡Lucas! —No estoy segura de si grito su nombre o si solo suena en mi cabeza, pero, en ese momento, suelta un sonido ronco, y puedo sentir cómo se corre dentro de mí mientras la euforia ardiente se extiende por todas mis terminaciones nerviosas. El orgasmo es tan potente que todo el cuerpo se me arquea hacía arriba y aparecen motas blancas en el contorno de mi visión. Parece no terminar nunca, un espasmo después de otro, pero, tras un rato, las olas de placer disminuyen y la conciencia regresa poco a poco.

Lucas está acostado encima de mí, con su enorme cuerpo cubierto de sudor, pero, justo cuando comienzo a sentir su peso, se baja y me acerca a él para que así pueda apoyarle la cabeza en el hombro. Permanecemos tumbados, los dos jadeando y demasiado cansados como para movernos, y, a medida que el latido del corazón me comienza a disminuir, una fuerte sensación de letargo se apodera de mí.

—Descansa, cariño. —Le oigo susurrar mientras absorbo sus palabras y cierro los ojos sabiendo que estoy a salvo.

Pertenezco a Lucas y él mantendrá alejadas mis pesadillas.

~

—Buenos días, preciosa. —Un tierno beso en el hombro me despierta—. ¿Te apetece un té?

—¿Qué? —Abro los ojos y parpadeo para despejar la neblina del sueño del cerebro. Estoy tumbada en mi lado de la cama, así que me giro y miro a Lucas con los ojos entrecerrados. Está de pie junto a ella, ya vestido y con lo que parece una taza humeante en la mano.

—Té —dice. Su boca firme me sonríe—. He hecho un poco para ti. Espero no haberlo jodido.

—Am... —Mi cerebro aún no funciona como debería, así que me siento e intento entender lo que está sucediendo—. ¿Me has preparado un té?

—Mmm —Lucas se sienta en el borde de la cama y me entrega la taza con cuidado—. Aquí lo tienes. No estaba seguro de cuánto tiempo había que calentarlo, pero he seguido las instrucciones de la caja, así que espero que esté bien.

—Ah, vale —Cojo la taza y bebo varios sorbos. El té está tan caliente que me quema la lengua, pero el sabor familiar del té Earl Grey me despierta y me aclara la mente. Poco a poco y por partes, comienzo a acordarme de todo.

«Lucas haciéndose pasar por Kirill. Yo contándole todo sobre la UUR».

Sin darme cuenta, inclino la taza y el líquido caliente se me derrama sobre los pechos desnudos.

Sobresaltada por el dolor repentino, miro hacia abajo y oigo a Lucas decir palabrotas mientras me quita la taza de las manos. La coloca en la mesita de noche tras limpiarme el pecho con una esquina de la sábana.

—Joder. Yulia, ¿estás bien?

Le miro fijamente, noto la piel fría a pesar de la quemadura del té.

—¿Quieres saber si estoy bien? —Ahora lo recuerdo todo. Cómo me destrozó. Cómo me abrazó después. La pesadilla. Cómo me aferré a él en la oscuridad.

Pidiéndole... No. Rogándole que me follara.

El rostro de Lucas se tensa.

—¿Te has quemado mucho?

—No —El frío de mi interior se intensifica y adormece el perverso terror que me fluye por las venas —. No me he quemado.

Al menos, no por culpa del té.

Me doy la vuelta y levanto la manta para buscar los pantalones cortos que anoche me quitó cuando nos fuimos a dormir. Así puedo concentrarme en algo, así tengo algo que hacer. Además, los necesito. Me sirven como barrera y la necesito.

Tengo que aferrarme a algo para no volverme loca.

¿Cómo pude querer estar junto a Lucas tras haber tenido esa pesadilla horrible, cuando solo unas horas antes él la había convertido en realidad? ¿Cómo he podido desear a un hombre que me destrozó de esa manera? Es como si mi desesperada necesidad de consuelo hubiera olvidado y eliminado de mi mente lo que hizo.

Mi débil y egoísta necesidad me hizo aceptar al hombre que va a destruir a mi hermano.

—Yulia —Lucas extiende los brazos hacia mí, pero me giro de inmediato. Por fin toco los pantalones cortos con los dedos y los cojo antes de saltar de la cama. Sé que no tengo adónde ir, pero por ahora no puedo dejar que me toque.

Me volvería a derrumbar.

—¿Qué haces? —me pregunta mientras me subo los pantalones cortos. Luego, me pongo a cuatro patas para buscar el top que dejé tirar anoche.

—Yulia, ¿qué cojones estás haciendo?

«Anda mira, aquí está». Ignoro la pregunta y cojo el top, si es que los sujetadores deportivos con encaje en los bordes pueden llamarse así. Toda la ropa que Lucas me ha comprado es de ese estilo: casual pero muy, muy provocativa. Sin embargo, es mejor que no llevar nada, así que me pongo el top, me levanto y evito mirarlo.

Eso parece irritarlo. En solo unos segundos, cruza la habitación y se detiene delante de mí, agarrándome el brazo con los dedos.

—¿Qué cojones, Yulia? —Lucas me sujeta la barbilla con la otra mano y me obliga a mirarlo—. ¿A qué estás jugando?

—¿Yo? —Cuando me encuentro con su mirada, una pequeña llama de ira arde sobre las cenizas de mi desesperación—. Eres tú el maestro del juego, Kent. Yo solo te sigo el rollo.

Frunce el ceño.

—¿Entonces lo de anoche qué fue? ¿Tú siguiéndome el juego?

—Lo de anoche fue un momento de locura —Al menos, es la única manera que tengo de explicármelo a mí misma. Mi voz suena firme y rencorosa mientras digo—: Además, ¿qué más te da? Ya tienes todo lo que necesitas.

—Así es. —Su expresión es ilegible—. Tengo información suficiente para acabar con la UUR.

Una espiral de náuseas me provoca ganas de vomitar. No sé si Lucas lo nota, pero me suelta la barbilla y da un paso atrás.

—Vas a estar bien —dice, con un tono extrañamente tenso—. Ya te dije que no iba a matarte ni a hacerte daño una vez que obtuviera la información, y no lo haré. Ya no tienes que preocuparte más. Se ha acabado.

Lo miro fijamente, sorprendida porque ni anoche ni esta mañana se me pasó por la cabeza que Lucas fuera capaz de matarme. No pensé en lo que me iba a pasar. Hace ya tiempo empecé a creer que mi captor no me quería muerta.

Empecé a confiar en que su obsesión sexual conmigo era real.

—Mira —dice Lucas cuando me quedo callada y añade—: todo va a mejorar. Una vez que la UUR haya desaparecido, te daré más libertad. Podrás caminar sola por la finca e ir a donde tú desees.

—¿De verdad? —A pesar de mi desesperación, casi me río a carcajadas—. ¿Y qué te hace pensar que no huiré?

Levanta las comisuras de los labios, formando a una oscura sonrisa.

—Porque no llegarías muy lejos si lo intentarás. Voy a ponerte unos rastreadores.

Se me para el corazón por un momento.

—¿Rastreadores?

Lucas asiente y me suelta el brazo.

—Los chicos de Esguerra han elaborado un nuevo prototipo. De momento, ¿por qué no te muestro un poco cómo será tu futuro y te llevo fuera después del desayuno? Daremos un paseo.

«Un paseo por el exterior». En cualquier otro

momento, esto me habría entusiasmado, pero ahora solo me sale comportarme con él de una manera más o menos normal.

Actuar como si mi mundo no estuviera a punto de derrumbarse por completo.

—Pero, primero, el desayuno —dice Lucas cuando permanezco paralizada y añade—: Vamos, te llevaré al cuarto de baño para que comiences tu rutina diaria.

«Cuarto de baño. Desayuno». Quiero gritarle que está loco y que, de ninguna manera, puedo comer ahora mismo, pero mantengo la boca cerrada y hago lo que me indica. Tengo que pensar qué hacer, cómo solucionar este horrible desastre que he provocado.

—¿De qué clase de rastreadores estás hablando? —me obligo a preguntar mientras nos dirigimos al cuarto de baño—. ¿Implantes o de esos que se colocan en el exterior?

—Implantes. —Lucas se detiene frente a la puerta del baño y me mira—. Solo unos cuantos para mantenerte a salvo.

Y asegurarse de qué siempre sepa dónde estoy.

—¿Cuándo me los vas a poner? —pregunto, intentando mantener la voz tranquila. Si los rastreadores van a ser tan difíciles de quitar como sospecho, fugarme será casi imposible.

—Cuando regrese de Chicago —afirma—. Dentro de cinco días tengo un viaje que durará dos semanas. Por desgracia, para entonces los rastreadores aún no habrán llegado, así que tendrás que estar controlada todo ese tiempo.

—¿Te vas? —Se me acelera el latido del corazón con una repentina esperanza. Si se va a ir…

—Sí, pero no te preocupes. Tendré a un par de guardias de confianza vigilándote. —Sonríe como si pudiera leerme la mente—. Se asegurarán de que estés protegida y cómoda.

«Y de que aún esté aquí cuando él regrese».

Las palabras que no llegan a salir de su boca se quedan en el aire cuando entro al cuarto de baño y, en silencio, cierro la puerta. El plan de Lucas de encadenarme a él debería aterrorizarme, pero el miedo nauseabundo que siento no tiene nada que ver con mi propio destino.

Si los hombres de Esguerra persiguen a la UUR de la misma forma en la que han perseguido a otros enemigos, nadie conectado con la agencia escapará a su ira.

Toda la familia de Obenko será aniquilada… incluido mi hermano.

Lucas

Yulia prepara el desayuno muy callada y retraída, y no me cabe la menor duda de que está pensado en él: el hombre que posee su corazón. Lo más probable es que se esté preguntando qué va a pasarle, culpándose a sí misma por haberlo traicionado sin querer. Quiero agarrarla y ordenarle que deje de pensar en él, pero eso solo empeoraría la situación. Si se da cuenta de que sé quién es, puede que suplique por su vida y no quiero que eso pase.

Voy a matar a ese cabrón, pase lo que pase, y no quiero que ella se disguste sin necesidad.

Tal como está, no hay señal de la sonrisa alegre de

ayer, no suelta ni una broma ni una risa mientras se mueve por la cocina y realiza su tarea. Con el accidente del tenedor en mente, estoy muy pendiente de ella, asegurándome de que no esconde nada. Supongo que es algo arrogante por mi parte dejar que mi prisionera se pasee así, desatada y con acceso a utensilios que podría usar como armas. Estoy bastante seguro de que puedo contenerla siempre que vea venir su ataque, pero existe la posibilidad de que algún día me pille desprevenido.

Es peligrosa, pero, como con cualquier misión desafiante, eso me excita.

Yulia prepara un desayuno sencillo: una tortilla con queso y un cuenco de fresas de postre. En teoría, yo también podría haberlo preparado, solo que los huevos me habrían quedado gomosos o goteantes, y el queso se me habría quemado en los bordes de la sartén. A Yulia, eso no le sucede. La tortilla sale ligera, esponjosa y con un perfecto sabor a queso, e incluso las fresas saben mejor de lo que recordaba.

—Está delicioso —le digo a la vez que devoro mi parte, y Yulia asiente, aceptando mi agradecimiento en silencio. Aparte de eso, ni me mira ni me habla.

Como si no existiera.

Su comportamiento me enfurece, pero contengo la rabia. Sé que me merezco que no me hable. Puede que no le hiciera daño físicamente, pero eso no suaviza la gravedad de lo que le hice.

La torturé, utilicé su mayor miedo para sonsacarle información.

Irritado por el ligero sentimiento de culpa, me levanto y lavo los platos, utilizando esta tarea rutinaria para distraerme de mis agitados pensamientos. Por lo que a mí respecta, le estoy haciendo un favor a Yulia sacando a su amante de su vida. Está claro que él no la merece. Permitió que se fuera a Moscú para acostarse con otros hombres y dejó que se pudriera en la cárcel rusa durante dos meses. Agente o no, el tío es un enclenque y está mejor sin él. Cuando Yulia se me insinuó anoche, pensé que milagrosamente me había perdonado y decidido olvidar a su amante, pero ahora comprendo que solo fueron ilusiones mías.

Estaba demasiado traumatizada como para saber lo que hacía.

—¿Preparada para el paseo? —pregunto, acercándome a la mesa. Yulia da un sorbo al té, todavía sin mirarme—.Tengo una llamada en menos de dos horas, así que, si quieres salir, deberíamos irnos ahora.

Se levanta, aún en silencio, y veo que tiene la cara muy pálida. Está disgustada. No, más que disgustada: devastada.

La culpa me golpea de nuevo y la alejo con esfuerzo.

—Ven aquí —digo, dándole la mano. Noto que tiene los delgados dedos fríos mientras la saco de la cocina —. Saldremos por detrás.

El dormitorio tiene una puerta que da al patio trasero y, en este momento, la uso para evitar miradas indiscretas. No quiero que nadie vea a mi prisionera fuera de casa y difunda rumores. Hasta que tenga algo tangible que ofrecerle a Esquerra sobre la UUR, no quiero que nadie sepa nada de nuestra relación. Mi jefe me debe un favor, pero es mejor si le doy la noticia de que quiero quedarme con Yulia, junto con las cabezas de nuestros enemigos.

—Siento que haga tanto calor —digo cuando salimos. Son solo las ocho y media de la mañana, pero la temperatura ya es como la de una sauna. Es muy probable que llueva dentro de una hora, pero, de momento, el cielo está despejado, con solo unas pocas nubes blancas—. La próxima vez saldremos antes.

—No hace falta, se está bien —dice Yulia, deteniéndose en un claro entre los árboles. Sorprendido, la miro y veo que ahora su cara tiene algo de color. Mientras la observo, cierra los ojos e inclina la cabeza hacia atrás. Parece una planta que absorbe la luz del sol, y me doy cuenta de que es eso justo lo que hace: tomar el sol, impregnándose de su calor.

—Te gusta este sitio. —No sé por qué me sorprende. Di por hecho que las personas que provenían de la misma parte del mundo que ella estaban aclimatadas al frío y odiaban el calor húmedo de la selva tropical—. Te agrada este clima.

Baja la cabeza y abre los ojos para mirarme.

—Sí —dice en voz baja—. Me gusta.

—Me alegro. —Le aprieto la mano y le sonrío—. A mí me costó acostumbrarme, pero ahora no puedo imaginarme viviendo en un lugar frío.

No me devuelve la sonrisa, pero siento la mano cada vez más cálida mientras continuamos caminando, adentrándonos en el bosque que bordea el recinto. La finca de Esguerra es enorme, se extiende durante kilómetros a través del espeso follaje de la selva tropical. En los años ochenta, Juan Esguerra, el padre de Julian, procesaba aquí grandes cantidades de cocaína, pero ahora apenas quedan rastros de ella. La jungla ya ha tapado los viejos laboratorios situados en cabañas, la naturaleza ha reclamado su territorio con una rapidez brutal.

—Este sitio es precioso —dice Yulia mientras entramos en otro claro. La observo mientras mira las flores tropicales que se alinean en un pequeño estanque a menos de cuatro metros de aquí. Es extraño lo melancólica que parece.

Le suelto la mano y me giro para mirarla.

—Es tu nueva casa. —Levanto el brazo y le coloque un mechón de pelo detrás de la oreja—. Una vez que esté todo arreglado, podrás venir aquí cuando quieras.

Quiero que eso le sirva de consuelo y le asegure que tendrá un futuro mejor, pero su rostro se pone serio ante mis palabras y sé que, de nuevo, se está preocupando por su amante.

«Cabronazo». Ojalá ese tío estuviera ya a dos metros bajo tierra, para que ella pudiera pasar página.

Me recuerdo a mí mismo que debo tener paciencia, dejo caer la mano y añado:

—Este es solo uno de los muchos lugares agradables que tiene esta finca. No muy lejos también hay un bonito lago.

Yulia no responde. Se da la vuelta y camina hacia el estanque. Apenas se aprecian las chanclas cuando está de pie en la densa hierba. Me doy cuenta de que debería comprarle unas zapatillas para estos paseos al ver cómo los tallos verdes le rozan los tobillos. En este lugar hay serpientes y todo tipo de insectos. También animales salvajes. Algunos guardias afirman haber visto jaguares en el terreno.

Preocupado de repente, me reúno con Yulia en el estanque e inspecciono la hierba cercana. No hay nada en particular que sea peligroso, así que decido dejarla en paz. Parece perdida en sus pensamientos mientras contempla el agua, se le arruga la tersa frente al fruncir ligeramente el ceño. La luz del sol hace brillar su cabello y noto por primera vez que algunos de los mechones tienen una tonalidad dorada, casi blanca, mientras que otros son de un color miel más oscuro. No tiene raíces, por lo que el color debe ser natural.

—¿Eran tus padres tan rubios? —pregunto con despreocupación, acercándome por la espalda. Soy incapaz de resistirme y le recojo el pelo con las manos, maravillado por su grosor—. No se ven a menudo a adultos con este color.

—Mi madre, sí. —A Yulia parece no importarle que le toque el pelo, así que me doy el capricho y paso los dedos por el cabello sedoso, moviéndolo hacia un lado para poner al descubierto el cuello largo y delgado—. El color de mi padre tiraba más a marrón arena, unos tonos más oscuros que tu pelo. Aunque, de pequeño, era muy rubio.

—Entiendo. —Me inclino para respirar su aroma a melocotón, pero no puedo resistir la tentación de acariciar con la boca el tierno lunar que tiene bajo la oreja derecha. Apoyo los labios y siento la piel cálida y delicada. Cuando le rozo el lóbulo de la oreja con los dientes, oigo como su respiración se detiene. Enseguida el deseo me recorre el cuerpo, que se tensa desesperado—.Yulia… —Le suelto el pelo para sujetarle los suaves y redondos pechos—. Te deseo muchísimo, joder.

Tiembla, los labios se abren dejando escapar un gemido silencioso mientras la cabeza cae contra mi hombro y los ojos se le cierran. Puede que esté disgustada por su amante, pero todavía me desea, eso es innegable. Se le endurecen los pezones y presionan contra las palmas de mis manos, a través de su camiseta sin mangas. La piel pálida tiene un tono rosado con un cálido rubor.

Después de todo, lo de anoche no fue una aberración. Puede que Yulia no me haya perdonado por lo que hice, pero su cuerpo sí lo ha hecho.

Todavía besándole el cuello, me arrodillo y la empujo al césped conmigo. La giro hacia mí, me apoyo en la espalda y la siento a horcajadas encima con las manos apoyadas en los hombros. Los ojos de Yulia están ahora abiertos y me mira fijamente mientras le sostengo las caderas y muevo la pelvis hacia arriba, presionándole la erección contra el coño. A pesar de las capas de ropa, restregarme contra ella me produce bastante placer, en especial cuando veo que sus ojos azules se dilatan a causa de ello.

—Ven aquí —murmuro y le coloco una mano en la espalda. Le rodeo el cuello con los dedos, le acerco la cabeza hacia mí y la beso, tragándome su suspiro de sorpresa. Sabe a fresas y a ella misma, con timidez enrolla la lengua a la mía mientras la beso con más ganas aún. La acerco más a mí, la necesito muy cerca, pero nuestra ropa lo impide.

Cada vez más impaciente, dejo de besarla un segundo y muevo las manos hacia abajo para agarrar la parte inferior de su camiseta sin mangas. Con un movimiento suave, se la quito y dejo al descubierto esos pechos maravillosos, pechos que ella se tapa con las manos de inmediato.

—Espera, Lucas. —Yulia mira preocupada detrás de nosotros—. ¿Qué pasa si…?

—Nadie nos va a molestar aquí. —Extiendo los brazos para llegar hasta sus pantalones—. Estamos muy lejos del camino transitado.

—Pero los guardias…

—La torre de guardia más cercana está a demasiada distancia como para vernos aquí. —Le bajo la cremallera de los pantalones y me pongo encima de ella, apretándola contra el césped. Hago descender los pantalones cortos por las piernas y sonrío con malicia —. Estamos solos, preciosa.

Luego, me quito la ropa y Yulia me mira con expresión desgarrada, casi atormentada. No sé si siente que le está traicionando por desearme, pero no voy a tolerarlo. En cuanto estoy desnudo, la pego a mí y meto las rodillas entre sus piernas, abriéndoselas.

—Mírame. —Le ordeno cuando intenta cerrar los ojos y apartar la cara. Me sostengo sobre los codos, pongo su cara entre las manos y repito—: Mírame, Yulia.

Tiene el coño a pocos centímetros de la punta de mi polla y la lujuria está empezando a nublarme el cerebro. Pero antes de hacerla mía, necesito una cosa.

Necesito saber que me pertenece.

Yulia abre los ojos y los noto llorosos. Parpadea rápido, como si intentara contener las lágrimas, pero se derraman y le corren por las sienes. Al verlas, algo se contrae dentro de mí, un dolor extraño que se me despierta en lo más profundo del pecho.

—No —susurro, me inclino para besar las lágrimas y añado—: No, cariño. No pasa nada. Todo va a ir bien. El sabor a sal en mis labios hace que el dolor se intensifique—. No llores. Estás bien. Te voy a cuidar.

No deja de llorar, cada vez caen más lágrimas de sus ojos y no puedo contenerme. Mi anhelo interior es como un demonio que me araña para conseguir salir al exterior. Le doy un beso intenso, la penetro y siento cómo su carne resbaladiza me envuelve y me aprieta tan fuerte que me estremezco con un placer intenso.

Su cuerpo se tensa debajo de mí, un fuerte y grave sonido de dolor estalla en su garganta, pero no paro. No puedo. La necesidad de recuperarla es potente y vital, un instinto que nace en la bruma del tiempo. Esta preciosa chica rota está hecha para mí. Estaba destinada a ser mía. Sigo besándola, me adentro en ella, una vez y otra, todo lo profundo que puedo y, finalmente, siento sus manos en la espalda mientras me abraza, manteniéndome cerca.

Amarrándose a mí tan fuerte como yo me he amarrado a ella.

III

LA RUPTURA

 ulia

Durante los siguientes cuatro días, establecemos una nueva rutina. Cuando no estoy atada, cocino, comemos juntos y, por la mañana temprano, salimos a caminar por el bosque. Y follamos. Follamos mucho. Es como si saber que pronto nos separaremos hiciera que Lucas me deseara aún más. Me folla en todas partes: en el dormitorio, en la cocina, contra un árbol en el bosque y, con tanta frecuencia, que al final de día, estoy irritada y lastimada, mi cuerpo dolorido y mi alma desgarrada al saber que me estoy acostando con el enemigo.

No, no solo por saber que me estoy acostando con el enemigo, sino porque, además, lo estoy disfrutando.

No importa lo que me diga a mí misma, no importa lo mucho que intente resistirme, en cuanto Lucas me toca me dejo llevar. Quizá, si me volviera a hacer daño, sería diferente, pero no lo hace. Su pasión por mí es enérgica, a veces incluso violenta, pero en ella no hay rabia ni intención de hacer daño. Y, muchas veces, demasiadas para mi cordura, también hay ternura.

Es como si empezara a preocuparse por mí, a quererme para algo más que solo practicar sexo.

Trato de no pensar en ello, en los planes que tiene para mí, en los rastreadores que va a traer y en cómo me va a encadenar a él mientras destroza todo lo que me importa. Lucas apenas ha hablado de la UUR, pero, por lo poco que se le escapa, sé que ya ha puesto en marcha a algunos piratas informáticos. Cabe la posibilidad de que su búsqueda haga sonar las alarmas en la agencia y que tengan tiempo para esconderse, pero no hay ninguna garantía de ello. Obenko nunca se ha enfrentado a un enemigo tan poderoso y despiadado como la organización de Esguerra y hay muchas probabilidades de que esta le supere.

Si Lucas y su jefe fueron capaces de acabar con Al-Quadar, es solo cuestión de tiempo que hagan lo mismo con mi agencia. Necesito escapar o, al menos, enviarles un mensaje para advertirles de lo que se les viene encima, pero Lucas es tan cuidadoso con su teléfono y con su portátil como lo es con las armas. Tal vez algún día pueda colarme en su oficina y descifrar la contraseña del ordenador, pero no puedo contar con ello.

Ahora solo tengo una manera de salvar a Misha.

Tengo que hablarle de él a Lucas.

Es una medida que me aterra. No confío en mi captor porque ya ha demostrado que, si quiere, utilizará mis puntos débiles en mi contra, pero no veo otra salida. Si me quedo callada, la muerte de Misha está asegurada. Soy consciente de que no podré convencer a Lucas de que no se vengue de la UUR, pero quizá estaría dispuesto a usar cualquier influencia que tenga sobre Esguerra para salvar a mi hermano.

La vida normal de Misha ya está perdida, pero hay una posibilidad de que pueda evitar que lo maten.

Antes de acercarme a Lucas con mi propuesta, decido eliminar la distancia que existe entre nosotros para que todo vuelva a ser como era antes de que me destrozara. Lo hago con sutileza para evitar levantar sus sospechas. Así, el día de nuestro primer paseo por la noche, le respondo con frases completas y, al día siguiente, prácticamente actúo como si no hubiera pasado nada. Se la chupo en la ducha, le pregunto qué le gustaría que le preparase de cena y vuelvo a hablar con él sobre los libros que estoy leyendo. Incluso le cuento mi primera experiencia espantosa en el ballet, cuando una profesora dijo delante de toda la clase que tenía el cuello de un avestruz, lo que, por supuesto, provocó que otros niños me llamaran «Avestruz» durante años.

A Lucas le hace gracia mi historia, se le arrugan los ojos claros por las risas. Le sonrío y olvido, durante un segundo, que es mi enemigo y que todo lo que hago no es de verdad. Me sorprende la facilidad con la que me pongo en mi papel. Cuando no estoy pensando en el destino inminente de Misha, disfruto mucho de la compañía de Lucas. Para ser un hombre con un carácter duro, mi carcelero es una persona con la que es muy fácil entablar conversación, es atento e inteligente sin llegar a ser arrogante. Aunque Lucas nunca fue a la universidad, está bien informado de muchos temas y puede hablar con ingenio de todo, desde la política mundial y el mercado de valores hasta los últimos avances en ciencia y tecnología.

—¿Dónde has aprendido tanto sobre inversiones? —pregunto durante el paseo cuando comenzamos a hablar de un libro de finanzas que he leído esta mañana. *El cisne negro* de Nassim Taleb es una clara y fuerte crítica a la gestión de riesgos en la industria financiera y me sorprendo cuando descubro que es una de sus obras favoritas de no ficción.

—Mis padres son abogados corporativos en Wall Street —dice—. Crecí con el canal estadounidense CNBC a todo volumen y, en mi duodécimo cumpleaños, mi padre me abrió una cuenta de inversión. Podría decirse que lo llevo en la sangre.

—Vaya. —Fascinada, me detengo y lo miro—. ¿Y ahora inviertes?

Lucas asiente con la cabeza.

—Tengo una gran cartera. No la controlo yo porque no tengo tiempo para hacerlo como se debe, pero el tipo que tengo contratado es muy bueno. Resulta que también es el administrador de Esguerra.

Es probable que le haga una visita cuando estemos en Chicago.

—Ya veo. —No sé por qué me sorprende. Tiene sentido. Conozco el pasado de Lucas gracias a su expediente. Supuse que ningún aspecto de su educación le había influido, pero me tenía que haber dado cuenta de lo contrario, sobre todo cuando descubrí todos esos libros en su oficina.

—¿Mantienes el contacto con ellos? —pregunto—. Con tus padres, me refiero.

—No. —La expresión de Lucas se vuelve ilegible—. No mantengo el contacto.

Su expediente lo dice todo, pero me preguntaba si era una simple tapadera que se inventó para mantener a salvo a su familia. Parece que no es así. Tengo ganas de preguntarle más cosas, pero no quiero entrometerme, es importante que mi captor esté contento conmigo. Durante el resto del paseo, dejo que Lucas lleve la voz cantante en la conversación. Cuando nos detenemos de nuevo en el estanque, me arrodillo y se la chupo, poniendo en práctica todas mis habilidades.

Ahora su felicidad es mi prioridad principal.

EL DÍA PREVIO A LA MARCHA DE LUCAS, DECIDO QUE YA es hora de hablarle de Misha. Para comer, cocino el plato que descubrí que era su favorito: pollo asado con puré de patatas y tarta de manzana de postre. También me peino con delicadeza hasta que mi pelo está suave como la seda y me pongo un pequeño vestido blanco, el más bonito que me ha comprado. Una vez nos sentamos a la mesa, veo como Lucas me devora con los ojos y sé que al menos con esto le he complacido.

Ahora necesito ver hasta dónde llega su buena voluntad.

A medida que comemos, intento encontrar el mejor momento para sacar el tema. ¿Estará de mejor humor antes o después del postre? ¿Debería dejar que se termine el pollo o será mejor si hablarle de mi hermano ahora? Mientras considero las opciones, Lucas dice amablemente:

—En los últimos días he investigado un poco sobre tu ciudad natal, Donetsk. ¿Es cierto que la lengua materna de la mayoría de su población es el ruso y no el ucraniano?

Se me escapa un suspiro de alivio. Esta es la mejor forma de introducir el tema.

—Sí, es verdad —respondo sonriendo y añado—: Mi familia hablaba ruso en casa. Yo estudié ucraniano en el colegio, pero, en realidad, hablo mejor inglés que ucraniano.

Lucas asiente, como si acabara de confirmar algo que ya sospechaba.

—Por eso fueron a tu orfanato, ¿verdad? Porque los niños de allí ya hablaban muy bien uno de los idiomas que necesitaban, ¿no?

Me cuesta mucho no perder la sonrisa. Recordar el orfanato y la UUR me quita el apetito, aunque nos estemos acercando al tema del que quiero hablarle. Dejo a un lado mi plato medio lleno y digo con toda la calma que puedo:

—Sí, por eso. Yo era una buena candidata sobre todo porque también sabía inglés.

—Y porque eres muy guapa. —La mirada de Lucas se enfría de repente—. No te olvides de eso.

Reúno todo mi valor y respondo:

—Quizá —contesto con cuidado—. Pero no todos son malas personas. De hecho…

Lucas levanta la mano, con la palma hacia afuera.

—Yulia, para. Ya sé qué vas a decir.

Aturdida, lo miro fijamente.

—¿Lo sabes?

—Quieres que salve a uno de ellos, ¿verdad? —Los ojos de Lucas me recuerdan al hielo invernal—. De eso se trata… —Mueve la mano para señalar la mesa— De eso se trata todo esto, ¿no? El vestido, la comida, las bonitas sonrisas. ¿Crees que no conozco tus intenciones?

Trago saliva y se me dispara el corazón.

—Lucas, yo solo…

—No. —Su voz es tan dura como su mirada—. No te humilles. No va a funcionar. Yo no tengo el control.

Siento como si el estómago se me llenara de plomo.

—¿A qué te refieres?

—Esguerra nunca lo aceptará y no voy a usar mi dinero para que cambie de opinión.

Me levanto, tambaleándome.

—Pero…

—No hay nada más que discutir. —Lucas también se levanta con el rostro amenazador—. La única persona de la UUR a la que salvaré eres tú.

Camino alrededor de la mesa, la sorpresa se convierte en frío pánico. Estoy segura de que no va en serio.

—Lucas, por favor. No lo entiendes. Es inocente. Él no tiene nada que ver con esto. —Le cojo la mano, apretándola con desesperación—. Por favor. Haré lo que sea si le salvas. Solo es una persona. Todo lo que tienes que hacer es dejarla vivir...

Lucas me suelta la mano, poniendo fin a mi súplica.

—Te lo dije. No hay nada que puedas hacer por él. —No hay piedad en la cara de mi captor ni una pizca de misericordia—. Esguerra resuelve estos asuntos, no yo. No tienes esa suerte, preciosa.

El contorno de mi visión comienza a oscurecerse, la sangre me palpita en los oídos.

—Por favor, Lucas... —Me inclino hacia él de nuevo, pero me agarra de la muñeca y me tuerce el brazo hacia arriba, impidiéndome que le toque.

—Que no ruegues por él, joder. —Apretándome la muñeca de forma dolorosa, Lucas me arrastra hacia él y veo la furia arder en las heladas profundidades de sus ojos—. Tienes suerte de estar viva. Hostia, ¿es que no lo entiendes? Si no fueras tan guarra en la ca... —Se detiene, pero es demasiado tarde.

He escuchado lo que quería decir, alto y claro, y los restos quebradizos de mis fantasías se desvanecen.

Lucas

LOS OJOS ENORMES DE YULIA ME MIRAN FIJAMENTE mientras la agarro por la delgada muñeca. Parece que acabase de arrancarle el corazón y algo parecido al arrepentimiento enfría la rabia que bulle en mi interior.

Le suelto la muñeca y, en un tono más calmado, digo:

—Yulia, no era eso…

—¿Por qué no lo haces de una vez? —me interrumpe mientras retrocede con la mirada impávida —. Vamos, mátame. Lo vas a acabar haciendo de todas formas, cuando deje de ser «una guarra en la cama», ¿no es así?

—No, claro que no. —La ira me vuelve a embargar, solo que esta vez yo soy el objetivo—. Ya te lo dije, estás a salvo conmigo.

—No si tu jefe me quiere muerta. —Hace un gesto de disgusto—. ¿No es lo que me acabas de soltar?

—No quería decir eso. —Me maldigo en diez idiomas distintos. Había pensado que la excusa de Esguerra era tan buena como cualquier otra para que dejase de suplicar por su amante, pero tendría que haber previsto cómo interpretaría Yulia mis palabras—. Prometí que te protegería y voy a mantener mi promesa.

—Entonces ¿por qué no puedes protegerle a él también? —Su mirada se llena de desesperada esperanza según se acerca a mí de nuevo—. Por favor, Lucas. Es inocente…

—Déjalo ya. —Me niego a escuchar cómo suplica por él—. Me la sopla si es culpable o inocente. Ya te lo he dicho, solo una persona. Ese es el trato.

Espero que, con eso, Yulia dé su brazo a torcer, que acepte que ha perdido. Sin embargo, alza la barbilla, le arden los ojos azules en contraste con esa tez tan pálida.

—Entonces sálvale a él. Quiero que Misha sea esa persona, no yo.

Misha. Tomo buena nota de ese nombre a la vez que se me tensa el cuerpo a causa de una furia renovada.

Está dispuesta a morir por él, por ese enclenque que tiene por amante.

—Lo que tú quieras no importa. —Mis palabras son

tan hirientes como los celos que me arden en el pecho —. Yo decido quién vive, no tú.

Reacciona como si acabase de golpearla. Le tiembla el labio y retrocede, abrazándose el cuerpo.

—Yulia. —La sigo, su dolor me atraviesa como una cuchilla, pero, al acercarme, ella se gira hacia la ventana. Alzo la mano para posarla sobre su hombro, pero cambio de idea en el último momento. No hay nada que pueda hacer para que se sienta mejor, excepto la única cosa que no estoy dispuesto a prometerle.

Quiero muerto a ese tal Misha y no voy a dejar que ella me manipule para que le perdone la vida.

Bajo la mano, retrocedo y examino la rígida silueta de Yulia. Mi cautiva está hoy más hermosa de lo normal, ese vestidito corto y blanco la hace atractiva de una forma inocente. Con la melena cayéndole por la espalda como una impresionante cascada, es la tentación personificada... y sé que es adrede.

Como todo lo que Yulia ha hecho durante los últimos días, arreglarse tanto hoy ha sido un intento de salvar a su amante.

Ese pensamiento me encoleriza. Me alejo, guardo los restos de la comida y lavo los platos, aprovechando para calmarme. Yulia no se mueve de la ventana y, cuando me aproximo, veo que todavía está pálida como un cadáver, con la mirada distante y perdida.

Me resisto con todas mis fuerzas a la necesidad irracional de consolarla. La cojo del brazo.

—Vamos —digo con voz tranquila—. Tengo que atarte.

Y, agarrándola del brazo con firmeza, la llevo a la biblioteca.

NO DICE NI UNA PALABRA MIENTRAS LA ATO AL SILLÓN Y me aseguro de que las cuerdas no le cortan la piel. Cuando termino, retrocedo y la miro.

—¿Qué libro quieres?

No responde. Clava la vista en su regazo.

—Yulia, te he hecho una pregunta, joder.

Levanta la mirada con los ojos nublados por el dolor.

—¿Qué deseas leer? —repito, intentando que no me afecte su obvio sufrimiento—. ¿Qué libro quieres?

Aparta la mirada, pero consigo percibir un destello de humedad en sus ojos.

«Joder».

—De acuerdo, como quieras. —Cojo al azar una novela de suspense de la estantería y la coloco en su regazo—. Volveré antes de la cena.

Yulia no responde de ninguna manera y me voy antes de que la ira que hierve en mi interior se desborde.

«ME LA SUDA SI ES CULPABLE O INOCENTE. YO NO tengo el control. Si no fueses tan guarra en la cama...»

Las palabras de Lucas resuenan en mi cabeza, se repiten en un bucle repugnante una y otra vez. Ha sido tan frío, tan cruel. Como si las últimas dos semanas no hubiesen ocurrido, como si el tiempo que hemos pasado juntos no significase nada para él.

Siento el corazón hecho jirones, el dolor es tan intenso que me asfixia. Respiro profundamente, intento lidiar con la agonía, pero parece que crece y se expande, que se adentra más en mi pecho.

He fallado. Le he fallado a mi hermano. Todo lo que

he hecho desde que Obenko se me acercó en el orfanato ha sido por Misha y ahora todo habrá sido en vano.

El hombre en el que había puesto mis últimas esperanzas es un monstruo despiadado y yo, una tonta ingenua.

«No te humilles. No va a funcionar».

De alguna manera, Lucas sabía lo de mi hermano. Sabía que le iba a pedir que le perdonase la vida. Sabía que estaba intentando ablandarle todos estos días y ha dejado que lo hiciese.

Ha cogido todo lo que yo le ofrecía para luego atravesarme el corazón con un cuchillo.

Se me escapa una risa amarga al pensar en la genialidad de su sádico plan. Tengo que admitirlo, la concepción de venganza de Lucas Kent es exquisita. Ninguna tortura física dolería tanto como esta rotunda negativa a salvar a mi hermano.

Mi risa se convierte en sollozos que me trago para ahogar el sonido. Incluso a mí esta actitud me recuerda a la de una loca, a la de una histérica. La terapeuta de la agencia tenía razón. No estoy hecha para este trabajo. No soy como Lucas o como Obenko.

No tengo lo que hay que tener para mantenerme indiferente.

—La lealtad que le tienes a tu hermano es admirable, pero también es una de tus mayores debilidades —me dijo Obenko cuando llevaba un par de meses de entrenamiento—. Te aferras a Misha porque es parte de tu pasado, pero ya no puedes tener un pasado. No puedes tener familia. Tienes que hacerte a esa idea o no serás capaz de afrontar esta vida. Habrá veces que tendrás que acercarte a ciertas personas sin dejar que ellas se acerquen a ti. Tendrás que controlar tus emociones. ¿Crees que serás capaz?

—Claro que sí —respondí de inmediato, con miedo a que me echase del programa y devolviese a mi hermano al orfanato—. Que quiera a Misha no significa que me vaya a encariñar de nadie más.

Y trabajé duro para demostrarlo. Era amable con el resto de los aprendices, pero nunca me llegué a hacer amiga de ninguno. Hice lo mismo con los instructores. Mantuve la distancia emocional con todos ellos. Incluso después del incidente con Kirill, hice lo que pude para superar el trauma yo sola.

Era una aprendiz tan buena y diligente que Obenko me dio la misión de Moscú menos de un año después de los abusos de Kirill.

Otra risa entremezclada con sollozos me surge de la garganta. Me trago el sonido histérico, pero no puedo controlar las lágrimas que se me derraman por las mejillas. Pensaba que era buena en lo mío. Sonreía y flirteaba con los amantes que me asignaban, pero nunca me enamoraba. Incluso con Vladimir, que me enseñó lo que era el placer sexual, me mantuve fría y distante. Nadie me importaba, excepto mi hermano.

Nadie, hasta que llegó Lucas.

En mis esfuerzos por acercarme a mi secuestrador,

me abrí demasiado. He perdido el control de mis emociones, he dejado que un traidor sin escrúpulos se me acerque y use esa cercanía para maquinar el más cruel de los castigos.

Ha dado con la mejor manera de destruirme.

Lucas

TENGO UNA CANTIDAD INGENTE DE COSAS QUE HACER antes de que nos vayamos mañana por la mañana, pero voy al gimnasio porque no puedo concentrarme en nada, mis pensamientos los ocupan Yulia y la agonía de su mirada.

Aporreo el saco, intento apartar la imagen de ella allí sentada, distante y herida. Me ha mirado como si la hubiese traicionado, como si la hubiese lastimado de una forma inconcebible.

El saco se balancea cuando le asesto puñetazos, un golpe tras otro. La idea de que sea ella quien se sienta traicionada por mí hace que quiera darle una paliza a alguien. ¿Qué coño esperaba? ¿Que, si me la chupaba un par de veces, estaría encantado de salvar a su amante? ¿Que no cuestionaría su deseo por salvar la vida de ese tal Misha?

Ha dicho que era inocente, como si eso me importase. Por lo que a mí respecta, ese hombre se merece morir tan solo por haberla tocado. Añádele a eso que pertenece a la UUR y tendrá suerte si lo mato rápido.

—Oye, Lucas, tío. ¿Estás terminando ya?

La pregunta de Diego interrumpe mi oleada de puñetazos mecánicos. Me limpio el sudor de la frente y me giro hacia el joven mexicano que está ahí parado, con los guantes preparados. Detrás de él, un par de guardias más esperan su turno.

A juzgar por sus expresiones y por lo que me duelen los nudillos, debo de haber estado desahogando mi cólera durante bastante tiempo.

—Todo tuyo —le digo, obligándome a apartarme del saco—. Adelante.

Mientras salgo del gimnasio, sopeso volver a casa a darme una ducha, pero aún no estoy lo bastante calmado para enfrentarme a Yulia. En vez de eso, me dirijo a la mansión de Esguerra para usar la ducha de la piscina. Tiene una reserva de camisetas por si ocurre algún asunto sangriento inesperado, así que cojo una para ponérmela cuando termine.

Me enjuago con rapidez y, mientras me pongo los pantalones cortos y una camiseta limpia, atisbo una figura de pelo oscuro que me resulta familiar apresurándose hacia la casa.

Rosa.

Me había olvidado por completo de la criada. Se debió de tomar muy en serio mis palabras, ya que no la he visto desde que hablamos en la cocina de Esguerra. Espero no haberle hecho demasiado daño a la chica, pero no lo pude evitar. No quería que estuviese merodeando cerca de Yulia.

Un poco más calmado después del duro entrenamiento, me dirijo al despacho de Esguerra para llamar a la agencia de inteligencia israelí.

DEDICAMOS LAS SIGUIENTES DOS HORAS A TRATAR CON EL Mossad los últimos acontecimientos en Siria y en el resto de Oriente Medio. Mientras la llamada llega a su fin, sopeso contarle a Esguerra lo que he descubierto de la UUR hasta ahora, pero decido que no es buen momento. Le hablaré de Yulia y de su agencia cuando volvamos de Chicago. Para entonces, debería tener información más concreta, ya que los piratas informáticos por fin están teniendo éxito en su concienzudo análisis de la información codificada de los archivos del gobierno ucraniano.

Cuando la llamada concluye, Esguerra y yo revisamos la logística de última hora para el viaje de mañana.

—Cuando aterricemos, iremos directamente a casa de los padres de Nora —dice Esguerra—. Quieren verla de inmediato, aunque eso implique cenar tarde.

Ya hace tiempo que no cuestiono la insensatez de este viaje, así que me limito a responder:

—De acuerdo. Estaré con los guardias mañana por la noche para asegurarme de que todo el mundo sabe lo que hace.

—Bien. —Esguerra hace una pausa—. Sabes que Rosa se viene con nosotros, ¿no?

La verdad es que no lo sabía.

—Ah, ¿sí? ¿Por qué?

—Nora quiere que le haga compañía.

—Vale. —No veo cómo eso puede cambiar las cosas. A menos que…—. ¿Tengo que llevar más hombres para que la protejan o estará contigo y con Nora la mayor parte del tiempo?

—Estará con nosotros. —Parece que a Esguerra le divierte esto—. Entonces ya está, creo que tenemos todo listo. Te veo mañana en el avión.

—Adiós —me despido y me dirijo a los barracones de los guardias para mi reunión con Diego y Eduardo, los dos agentes que he designado como carceleros de Yulia en mi ausencia.

~

—Explícamelo otra vez —le pido a Eduardo después de darle a él y a Diego la lista completa de instrucciones relacionadas con mi cautiva—. ¿Cuántas veces vais a visitar mi casa para dejarla usar el baño y estirar las piernas?

El colombiano pone los ojos en blanco.

—Tres veces, además de liberarla durante las comidas. Nos hemos quedado con todo, Kent, de verdad.

—¿Y qué haréis si intenta escapar?

—Se lo impediremos, pero no le haremos ningún daño —responde Diego con un gesto divertido—. Tienes que relajarte, tío. Lo pillamos. No le vamos a tocar ni un pelo, excepto para asegurarnos de que no huye. Va a tener libros, programas de televisión y sí, la llevaré a dar un paseo una vez al día.

—Y no diremos ni una palabra del asunto —añade Eduardo, repitiendo mis palabras exactas—. No vamos a decirle ni pío a nadie sobre tu princesita espía.

—Bien. —Los miro con dureza—. Y la comida, ¿qué?

—Le llevaremos productos de la casa principal y dejaremos que los cocine —dice Diego, ahora sonriendo de oreja a oreja—. Será la prisionera mejor alimentada y más entretenida de la historia.

Ignoro su burla.

—¿Y por la noche?

—La esposaré de la muñeca al poste de metal que has instalado al lado de la cama —responde Eduardo—. Y no le pondré la mano encima. Será como si fuese un saco de patatas, pero uno muy importante —añade enseguida cuando cierro la mano en un puño—. En serio, Kent, es una broma. Vamos a cuidar bien de tu chica, te lo prometo. Sabes que puedes confiar en nosotros.

Lo sé bien. Por eso los he elegido para esta tarea.

Ambos guardias trabajan aquí desde hace dos años y han demostrado su lealtad. Puede que encuentren mis órdenes divertidas, pero harán lo que les digo.

Yulia estará a salvo con ellos.

—De acuerdo —digo asintiendo—. En ese caso, os veré a los dos mañana por la mañana. Os quiero en mi casa a las nueve en punto.

Dejo los barracones de los guardias y me voy al campo de entrenamiento para controlar a nuestros nuevos reclutas.

 ulia

NO SÉ CUÁNTO TIEMPO PASA HASTA QUE CONSIGO mantener las lágrimas bajo control, pero, cuando abro el libro que Lucas me ha dejado, el sol ya se está poniendo. Miro fijamente las palabras en la página por la que lo he abierto, pero el texto aparece y desaparece, las letras son un revoltijo frente a mis ojos hinchados.

Le he fallado a mi hermano. Por mi culpa, le van a matar.

Intento concentrarme en el libro para apartar esa devastadora idea de mi mente, pero es todo en lo que puedo pensar. Los recuerdos se agolpan y cierro los ojos, demasiado cansada para luchar contra ellos.

«—Por favor, vigila a tu hermano —me implora mi

madre, con aquella mirada azul llena de preocupación
—. Comprueba cómo está antes de irte a dormir, ¿vale? Parecía que tenía un poco de fiebre hace un rato, así que, si tiene la frente más caliente de lo normal, llámanos, ¿vale? Y no le abras la puerta a nadie que no conozcas.

—Que no, mamá. Sé lo que tengo que hacer. —Puede que tenga diez años, pero no es la primera vez que me quedo a solas con Misha porque mis padres tienen que irse corriendo a visitar a mi abuelo enfermo —. Cuidaré bien de él, te lo prometo.

Mi madre me besa en la frente y su perfume floral me hace cosquillas en la nariz.

—Sé que lo vas a hacer —murmura mientras retrocede—. Eres mi maravillosa niña mayor. —Tiene el rostro tenso por el estrés, pero la sonrisa que me dedica es cálida—. Estaremos de vuelta en cuanto tu abuelo se estabilice un poco.

—Lo sé, mamá. —Le sonrío también, ignorando que mi vida está a punto de cambiar para siempre—. Vete con el abuelo. Yo cuidaré de Misha, te lo prometo.»

Y eso fue lo que intenté hacer. Cuando la policía vino a nuestra casa a la mañana siguiente, no les dejé pasar hasta que me enseñaron fotos de los cuerpos de mis padres en la morgue, destrozados y ensangrentados por la colisión del coche. Insistí en que mi hermano permaneciese conmigo cuando los Servicios de Protección de Menores intentaron separarnos alegando que un niño de dos años no debía asistir al funeral de sus padres. Y, cuando Vasiliy

Obenko se me acercó en el orfanato un año más tarde ofreciéndome unirme a su agencia a cambio de que su hermana y su marido adoptasen a Misha, no lo dudé.

Le dije al director de la UUR que haría cualquier cosa si le proporcionaba a mi hermano una vida normal y feliz.

Abro lo ojos e intento centrarme en el libro de nuevo, pero, en ese mismo instante, percibo un movimiento rápido por el rabillo del ojo que me llama la atención. Alarmada, levanto la vista y veo a una mujer de pelo oscuro plantada en medio de la biblioteca de Lucas.

La reconozco. Es Rosa. Mi pulso se dispara.

—¿Qué haces aquí? ¿Cómo has entrado? —No puedo disimular el matiz de pánico en mi voz. Tengo las manos esposadas y estoy atada a la silla con unas cuantas vueltas de cuerda. Si tiene la intención de hacerme daño, no puedo detenerla.

Rosa sostiene un llavero.

—En la casa principal tenemos una llave extra de cada edificio del complejo, incluyendo las casas privadas.

No veo que lleve armas, lo que me tranquiliza un poco.

—Vale, pero ¿por qué estás aquí? —pregunto en un tono más calmado.

—Quería verte —responde—. Mañana nos iremos durante dos semanas a Chicago, a visitar a la familia de Nora.

—¿La familia de Nora?

—La esposa del señor Esguerra —aclara Rosa.

Frunzo el ceño por la confusión. Ahora recuerdo que Nora es el nombre de la estadounidense que Esguerra secuestró y con la que se casó. Lucas no me contó el motivo de su próximo viaje, pero había dado por sentado que sería de negocios. No tenía ni idea de que el sádico jefe de Lucas tuviese relación con su familia política.

—Pues eso —continúa Rosa—, que quería verte en persona antes de irme.

Mi confusión aumenta.

—¿Por qué?

Rosa se me acerca.

—Porque no creo que este sea tu sitio. —Tiene las manos entrelazadas delante de su vestido negro—. Porque esto no está bien.

—¿Qué no está bien? —¿Quiere verme colgada en el cobertizo de las torturas que mencionó antes?

—Tú. Todo esto. —Me mira con esos ojos marrones, sin pestañear—. Está mal que Lucas te tenga aquí así. Que te deje con Diego y Eduardo. Los dos son buenos chicos. Les gusta jugar al póker.

—¿Al póker? —Estoy totalmente perdida.

Rosa asiente.

—Juegan con los guardias de la Torre Norte Dos. Todos los jueves por la tarde de dos a seis.

—Ah, ¿sí? —Se me vuelve a acelerar el pulso. ¿Acaso Rosa me está diciendo lo que creo que me está diciendo?

—Sí —responde sin alterarse—. No supone un

problema porque los drones patrullan el perímetro de la finca y hay sensores de calor y de movimiento por todas partes. Nuestro programa de seguridad escanea y analiza cualquier cosa que se aproxime a los límites de la finca, sin importar si es grande o pequeña, y los guardias reciben una alerta si el ordenador considera que hay algún problema.

El ritmo de mi pulso es frenético.

—Ya veo. —«Cualquier cosa que se aproxime», han sido sus palabras. Lo que quiere decir que el ordenador ignora las cosas que van en la dirección opuesta.

—¿A qué distancia de aquí está el límite norte de la finca?

Rosa duda y me odio por ser tan directa. Está claro que ella quiere fingir que tan solo está charlando conmigo y que cualquier información que recabe es por algo que ha dicho por accidente.

—Unos cuatro kilómetros —dice finalmente y suspiro de alivio. No la he asustado, a pesar de todo—. Hay un río que define ese límite —continúa, dejando de fingir—. Un poco hacia el oeste, una pequeña carretera cruza el río. Va en dirección norte hasta Miraflores. De vez en cuando, nos llegan envíos por esa ruta. —Se detiene y después añade—: El próximo envío está previsto para el jueves a las tres de la tarde.

—El jueves a las tres —repito, apenas creyéndome mi suerte—. Es decir, este jueves por la tarde. Pasado mañana.

Asiente.

—Nos van a traer comida.

—Vale. —Mi mente va a toda velocidad, analizando a conciencia los posibles obstáculos—. ¿Y qué hay de…?

—Me tengo que ir —dice Rosa, acercándose aún más—. Lucas volverá a casa

pronto. —Recorre con los dedos el libro que estoy sosteniendo y nuestras manos se tocan durante un segundo—. Adiós, Yulia —dice en voz baja antes de girarse e irse corriendo de la sala.

Anonadada, bajo la vista y veo dos pequeños objetos encima del libro.

Una cuchilla y una horquilla.

ucas

LLEGO A CASA DESPUÉS DE LAS OCHO. ME SIENTO aliviado cuando entro en la biblioteca y veo a Yulia leyendo tranquila en el sillón.

—Siento haber tardado tanto —digo mientras me acerco a la butaca para desatarla—. Tienes que estar muerta de hambre, por no mencionar que necesitarás ir al baño.

Me mira y veo que tiene los ojos rojos, como si hubiera estado llorando. No dice nada, pero tampoco espero que lo haga. Sospecho que no habrá demasiada conversación durante la cena de esta noche.

Me agacho, la desato y le ayudo a levantarse del sillón, ignorando cómo se tensa cuando la rozo.

—Ven, se hace tarde. —Decidido a controlar la rabia la guío hacia el aseo.

Espero mientras Yulia usa el baño y, después, la llevo a la cocina. Esperaba que hiciera la cena aunque estuviese enfadada, pero se sienta a la mesa y se queda mirando al vacío.

—Bueno —digo intentando disimular que estoy cabreado—. Puedes sentarte si quieres. Calentaré algunas sobras.

No responde, ni siquiera se mueve cuando pongo la mesa y lo preparo todo. Por suerte, el pollo y el puré de patatas que hizo para la comida están buenos incluso recalentándolos en el microondas.

Debido al comportamiento retraído de Yulia, casi espero que no coma, pero se abalanza sobre la comida en cuanto pongo el plato delante de ella.

Imagino que el hambre es más grande que su enfado.

Acabamos el pollo en silencio; después, de postre, parto un pedazo de tarta de manzana para cada uno. Estoy a punto de poner el trozo de Yulia en su plato cuando me sobresalta diciendo:

—Yo no quiero, gracias. Estoy llena.

—Vale. —Escondo mi alegría porque vuelva a hablar—. ¿Quieres té?

Asiente y se levanta:

—Ya voy yo.

Con esos movimientos elegantes y eficaces que he llegado a conocer, prepara dos tazas y las trae. Pone una delante de mí, se sienta al otro lado de la mesa y sopla sobre la suya para enfriar el té. Yo hago lo mismo antes de dar un sorbo. El líquido está caliente y algo amargo, pero no me molesta. Casi puedo entender por qué a Yulia le gusta tanto.

No hablamos mientras nos bebemos el té, pero el silencio no es tan tenso como antes. Tengo esperanzas de que esta noche no sea un auténtico desastre.

Cuando hemos acabado el té, me encargo de limpiar mientras Yulia se queda sentada y me mira con una expresión indescifrable. ¿Me odia? ¿Quiere apuñalarme con el tenedor más cercano? ¿Desea que no vuelva de este viaje?

Esa idea es demasiado desagradable.

Dejo a un lado este pensamiento. Termino de limpiar la encimera y me acerco a Yulia:

—Les he ordenado a dos guardias que cuiden de ti en mi ausencia —digo—. Diego y Eduardo. Ya has conocido a Diego. Es el que te sacó del avión.

—Sí, lo recuerdo —responde Yulia con voz suave mientras se levanta—. Parece un tipo bastante decente.

—Lo es, igual que Eduardo. —Me paro delante de ella— Cuidarán bien de ti.

—Te refieres a que me encerrarán —dice con tranquilidad, mirándome.

—Llámalo como quieras. —Levanto la mano y acaricio uno de sus rizos—. Se asegurarán de que tengas todo lo que necesites.

Asiente y da un pequeño paso hacia atrás, se me resbala el suave mechón de entre los dedos.

—Bien.

—Ven. —La agarro de la muñeca antes de que pueda alejarse—. Vamos a la cama. Tengo que levantarme pronto.

Se pone rígida, pero permite que la lleve al baño sin discutir. La dejo allí para que se dé una ducha rápida (yo ya me he duchado antes, así que no la necesito) y, luego, la guío a la habitación. Al entrar, la polla se me levanta expectante e imágenes eróticas me inundan la mente.

Luchando contra una ola de lujuria repentina, me detengo al lado de la cama y me vuelvo para mirar a Yulia. Le suelto la muñeca, le rodeo la cara con las manos y le retiro los mechones errantes de pelo sedoso con los pulgares. No se mueve, solo me mira en silencio con esos ojos azules y grandes, que se ocultan en su delicado rostro.

—Yulia… —No sé qué puedo decirle, cómo puedo arreglar la situación, pero tengo que intentarlo. La idea de marcharme durante dos semanas cuando las cosas están tan tensas entre nosotros es insoportable—. No tiene por qué ser así —digo con suavidad—. Puede ser…mejor.

Pestañea como si la asustaran mis palabras y le veo el brillo de las lágrimas en los ojos.

—¿De qué hablas? —susurra envolviéndome los dedos alrededor de las muñecas—. ¿No es lo que querías? ¿Hacerme daño? ¿Castigarme?

—No. —Dejo que me separe las manos de la cara—. No, Yulia. No quiero hacerte daño, créeme.

Frunce el ceño mientras me libera las muñecas.

—Entonces ¿cómo puedes…?

—No quiero discutir más sobre esto. Ya está. Vamos a dejarlo. ¿Lo entiendes? —Las palabras salen sin querer con severidad de mi boca y la veo encogerse de miedo mientras da un paso atrás.

Respiro muy hondo. Los celos siguen siendo intensos en mi interior, pero estoy decidido a no dejar que esto arruine nuestra última noche juntos. Obligándome a moverme despacio y deliberadamente, me quito la camiseta y la tiro al suelo. Luego, sigo con los zapatos, los pantalones cortos y la ropa interior. Yulia me observa, sus mejillas se tornan de un tono rosado al bajar la mirada hacia mi creciente erección. Para mi alivio, veo cómo se le endurecen los pezones a través de la tela blanca del vestido.

Puede que me odie, pero aún me desea.

—Ven aquí. —Soy incapaz de aguantar más, la cojo sujetándola por los hombros delgados. Cuando tiro de ella hacia mí, se pone rígida, pero noto el pulso palpitándole en la garganta. Está lejos de ser inmune a mí y pretendo aprovecharlo.

De una manera u otra, esta noche Yulia no pensará en su amante.

Inclino la cabeza, buscando probar la suavidad de sus labios, pero en el último momento gira la cara y mi boca le besa en la mandíbula. Siento cómo tiembla, se me escapa de las manos y se aleja. Se le agita el pecho y se sonroja. Me mira fijamente con ojos brillantes.

—No puedo. —A Yulia se le quiebra la voz—. No puedo hacerlo, Lucas. No después de…

—Calla. —Esos celos despreciables vuelven, la boca del estómago me arde de ira y voy detrás de ella—. Te he dicho que no quería discutir.

Sigue echándose hacia atrás.

—Pero…

—Ni una sola palabra más.

Su espalda choca con el aparador y recorto la distancia que queda entre nosotros. La atrapo. Coloco las manos en el mueble, a ambos lados de su rostro, me inclino acercándome más y absorbo su delicado aroma. Todas esas fantasías oscuras que he tenido alguna vez se deslizan por mi mente y mi voz se vuelve áspera cuando le susurro al oído:

—Ya he tenido suficiente. Ahora eres mía y es hora de que aprendas lo que eso significa.

 *ulia*

SENTIR EL CALOR HÚMEDO DEL ALIENTO DE LUCAS EN EL oído hace que me estremezca, y apriete los muslos excitados para contener el deseo que crece entre ellos. La traición de mi cuerpo se une al tumulto de mi mente. Pensaba que tendría que obligarme a soportar que me tocase, pero lo último que siento es repulsión.

Aunque sé que es un monstruo sin corazón, no puedo evitar desear a Lucas.

Desliza la boca por mi mandíbula mientras me atrapa entre él y el aparador, y se me acelera el ritmo cardíaco cuando me aprieta la polla dura y larga contra el vientre.

—No —susurro. Las manos se me cierran en puños

a ambos costados. Siento el calor de su cuerpo poderoso a mi alrededor, presionando para entrar, y se me revuelve el estómago por una vorágine de miedo, culpa y deseo—. Déjame, por favor.

Lucas ignora mis palabras y mueve la mano derecha hacia mi hombro. Entrelaza los dedos con el tirante del vestido y lo baja. Ahora me pone la boca en el cuello, provocándome y mordiéndome, y mi excitación aumenta cuando mete la mano dentro del vestido y me agarra el pecho. Me roza el pezón con la aspereza del pulgar.

El calor aumenta en mi interior, el ardor se intensifica incluso cuando el desprecio hacia mí misma me llena el pecho. No quiero sentir esto por mi cruel captor. No me estoy resistiendo porque no puedo arriesgarme a poner en peligro mi próxima fuga, pero no debería estar disfrutándolo.

No debería desear al hombre que planea matar a mi hermano.

Lucas levanta su cabeza para mirarme, como si me leyera la mente. Veo lujuria en esos ojos claros y algo más, algo oscuro e intensamente posesivo.

—No, preciosa —murmura con la mano todavía en mi pecho—. No voy a dejarte.

Empiezo a responderle, pero baja la cabeza e inclina la boca sobre la mía. Con la mano izquierda me sujeta la nuca para que me quede quieta y mueve la mano derecha hacia abajo, levantando la falda del vestido. Me arranca el tanga de un tirón. Casi no lo noto; su beso es muy voraz y me consume. Esos labios y esa boca me quitan el aliento, me quitan los recuerdos del motivo por el que no debería desearlo. Desesperada, coloco las manos en el aparador para evitar tocarlo. Es una victoria pequeña, una que no dura mucho. Todavía devorándome la boca, Lucas se da la vuelta, llevándome con él, y empieza a empujarme hacia la cama.

Me golpeo la parte trasera de los muslos con la esquina de la cama y, de repente, estoy tumbada, con el vestido levantado por encima de la cintura y Lucas inclinado sobre mí. El deseo se le dibuja en el rostro y le brillan los ojos. Antes de que pueda recuperarme del beso, me agarra de las rodillas, separándolas, y se baja de la cama para agacharse entre mis piernas.

—No, por favor. Eso no. —Intento zafarme, pero Lucas me sujeta con fuerza, acercándome más al borde la cama. Esboza una media sonrisa irónica. Sabe por qué no quiero que me dé este placer. Y entonces sumerge la cabeza entre los muslos y desliza la lengua húmeda y caliente por la hendidura.

El latigazo de placer es casi brutal. Mi cuerpo entero se arquea cuando se pega a mi clítoris y empieza a succionarlo con tirones delicados y rítmicos. Sin aliento, trato de cerrar las piernas, de salir de ese tormento de erotismo, pero Lucas no me suelta y su ritmo no se debilita. Siento que comienzo a excitarme y se me endurecen los pezones mientras una presión insoportable crece dentro de mí, volviéndose cada vez más intensa.

Aumenta el ritmo de sus movimientos y me presiona el clítoris con los labios con cada tirón.

Reprimo el grito que se me escapa de la garganta mientras siento el orgasmo acercándose. «El asesino de mi hermano...» Las palabras se cuelan en mi mente mientras mi cuerpo comienza a contraerse cuando estoy a punto de correrme.

—¡No, para! —Sin pensarlo, me siento y me giro con todas mis fuerzas, haciendo que me suelte los muslos. Mi repentina resistencia pilla a Lucas por sorpresa y consigo llegar casi hasta el otro lado de la cama antes de que vaya detrás de mí. Me agarra con los dedos el tobillo en el último segundo.

Por instinto, me doy la vuelta y le doy una patada apuntándole a la cara, pero se mueve a un lado y fallo. Antes de que pueda volver a intentarlo, me coge del otro tobillo y me arrastra por la cama hacia él.

—¿Qué coño haces, Yulia? —Lucas controla las sacudidas de mis piernas con las rodillas, me acorrala y me coge de las muñecas para colocarme los brazos estirados a los lados. La rabia se le refleja en el rostro y empequeñece los ojos—. ¿Estás loca por él?

Clavo los ojos en él y respiro agitadamente. Me palpita el cuerpo por el ardor frustrado y un cóctel tóxico de miedo, adrenalina y enfado me hierve en el pecho. Resistirme a Lucas ha sido una idea estúpida por mi parte, pero estar entre sus brazos hubiera sido una traición horrible contra mi hermano.

—Por supuesto que sí —mascullo, incapaz de contenerme—. ¿Qué coño esperabas?

Los dedos de Lucas me aprietan las muñecas.

—Ahora él no es nadie para ti. —Le brillan los ojos por la ira—. Nadie. Me perteneces, ¿lo entiendes?

Miro boquiabierta a mi captor, desconcertada. ¿Cómo podía esperar que me olvidase de mi hermano? Sé que Lucas es posesivo, pero su exigencia roza la locura.

Antes de que pueda ordenar mis ideas, el rostro de Lucas se endurece. Moviéndose con rapidez, me coloca el brazo derecho sobre el cuerpo y junta la muñeca derecha con la izquierda. Termino de lado, con las muñecas sujetas por su mano izquierda mientras se estira sobre mí buscando la mesilla de noche. Su gran peso me hunde en el colchón. Se me escapa el aire de los pulmones aplastados, pero, un momento después, se levanta, liberando la presión de mi caja torácica. Aún sujetándome las muñecas con la mano izquierda, Lucas se tumba sobre mí con la parte inferior del cuerpo pegada a la mía y en su mano derecha veo el porqué de su acción.

Ha cogido un rollo de cuerda de la mesilla de noche.

Un escalofrío me recorre la piel, el miedo mengua mi deseo.

—¿Qué haces? —Las palabras salen en un susurro frenético y suplicante—. Lucas, no necesitas hacer esto. No me resistiré más.

Pero es demasiado tarde. Ya me está enrollando la cuerda alrededor de las muñecas y la antigua ansiedad vuelve, asfixiándome con recuerdos de Kirill. El terror paralizante del pasado corre hacia mí, pero, en ese momento, Lucas se inclina y me susurra al oído:

—No voy a hacerte daño, pero haré que te olvides de él.

Respiro temblando, sus palabras me dan la mínima seguridad que necesito ahora para quedarme en el presente. No es que haya disminuido la ansiedad. Lo que hace y dice es una locura. Empiezo a luchar de nuevo, desesperada por escapar, pero es demasiado fuerte. Ignora mis intentos de alejarlo. Lucas me ata la cuerda con firmeza alrededor de las muñecas y extiende el brazo hacia abajo para agarrarme de los tobillos. Mientras lo hace, retira su peso de mis piernas un momento y consigo darle una patada en el costado antes de que me los coja.

—Ah, no. Ni lo intentes. —Su voz parece un gruñido sordo mientras me levanta los tobillos hacia arriba, doblándome por la mitad. Le ataco con las manos atadas, pero no tengo demasiada suerte y el golpe le rebota en el hombro cuando me aprieta las pantorrillas con el recodo del musculoso brazo. Con las manos libres, me ata el otro lado de la cuerda alrededor de los tobillos. Sus movimientos son ligeros y seguros, sin compasión alguna. En cuestión de segundos, me tiene atada como si fuera un pavo, con los tobillos y las muñecas juntos delante del cuerpo. Con el vestido levantado y sin ropa interior, tengo la parte inferior del cuerpo completamente expuesta.

La vulnerabilidad de mi posición me aumenta el ritmo cardiaco tanto que me siento mareada. La sangre me palpita en los oídos con un estruendo a medida que Lucas me obliga a poner las muñecas y los tobillos atados sobre la cabeza, estirándome los tendones hasta el límite. Asegura la cuerda a la barra de metal que instaló al lado de la cama y mueve hacia abajo mi cuerpo doblado por la mitad. Me agarra las piernas temblorosas con las manos y veo que me observa, mirándome el coño y el trasero totalmente abiertos.

—¿Qué estás haciendo? —Apenas puedo respirar por el pánico que me crece en el pecho—. Lucas, ¿qué estás haciendo?

Los ojos le arden con un calor salvaje cuando los fija en los míos.

—Lo que quiero, cariño. Lo que me da la puta gana.

Y, bajando la cabeza entre mis piernas, vuelve a lamerme el clítoris.

SU SABOR ES EMBRIAGADOR, INSOPORTABLEMENTE erótico. Tiene el coño empapado y su intensa esencia de mujer hace que mi polla preeyacule. Quiero penetrarla, sentir su estrechez húmeda envolviéndome, pero también quiero algo más, algo que Yulia me ha negado hasta ahora.

Sin embargo, primero necesito terminar lo que he empezado. Ignorando la lujuria que arde en mí, le chupo el clítoris con el mismo ritmo que antes la llevó al borde del clímax. Sentí que empezaba a tener espasmos hasta que comenzó a resistirse y sé que habría llegado de un momento a otro. Entró en pánico, probablemente porque no quiere traicionarlo, pero no voy a permitirlo.

Esta noche va a correrse una y otra vez hasta que su amante solo sea un recuerdo distante.

Esta vez, tardo menos de un minuto en llevar a Yulia al clímax; ya está preparada, su carne está rosa, hinchada y sensible después de los primeros lametazos. Me suplica, me ruega que la deje, pero yo sigo hasta que siento cómo se le contrae el coño bajo la lengua y la escucho gritar de placer.

Entonces empiezo de nuevo, deslizando el dedo dentro de ese canal de espasmos para estimularla mientras le lamo el clítoris. Se corre mucho y rápido, sus fluidos me cubren la mano y yo busco el tercero, aunque mi polla está a punto de estallar.

—Ya vale —gime cuando meto dos dedos en su interior, mojado y ardiente, y encuentro el punto que la vuelve loca—. Por favor, Lucas, para…

Pero aún no he terminado. Estoy lejos de haber terminado. Utilizo los dos dedos para follarla y cierro los labios alrededor de su clítoris otra vez. Mis dedos la taladran con fuerza y dureza y el volumen de sus gritos aumenta cada segundo. Siento cómo sus paredes se contraen con otro orgasmo, pero no paro. Continúo hasta que siento que se corre otra vez y, luego, le retiro la abundante humedad del coño y le embadurno la abertura del culo con ella.

Al principio no reacciona, se queda tumbada ahí con la cara sonrojada y los ojos cerrados, e intenta recuperar el aliento. Con los tobillos atados a las muñecas y el coño húmedo e hinchado, es la personificación de la sensualidad indefensa. El *bondage* no suele ser lo mío, pero con Yulia es distinto. No va de perversión, sino de posesión.

Después de esta noche, ella no dudará de que es mía.

Cuando tiene el culo lo suficientemente lubricado, presiono la punta del dedo contra la estrecha entrada y observo su reacción. La única vez que le toqué el culo en la ducha, se puso tensa y me di cuenta de que o tenía un problema con el sexo anal o era nueva en esto. Espero que sea la segunda opción, pero sospecho que podría ser la primera.

Como era de esperar, en cuanto la toco con el dedo, las nalgas del culo de Yulia se contraen y abre los ojos.

—No. —Su voz suena cansada—. No, por favor.

—¿Fue tu instructor? —Dejo el dedo donde está. Ni presiono, ni lo quito—. ¿También te hizo daño así?

Me mira, se le agita el pecho y veo que le tiembla la boca antes de que apriete los labios. No dice nada, pero no necesito que diga una sola palabra para confirmarlo.

El hijo de puta le hizo daño así y tiene miedo de que yo también vaya a hacérselo.

Algo me oprime el pecho. No merezco su confianza, pero una parte de mí la quiere. Es un deseo que contradice del todo mis ansias primitivas de someterla y de retenerla a cualquier precio.

Aunque la tenga atada e indefensa, no quiero que me tenga miedo, por lo menos no así.

—No voy a hacerte daño —digo en voz baja sosteniéndole la mirada. La lujuria salvaje que me late por dentro se reduce a un débil rugido cuando retiro la punta del dedo—. Te lo prometo.

Respira de alivio, cierra los ojos y yo vuelvo a bajar la cabeza lamiéndole el coño con ligeros golpes de la lengua. Su carne dócil todavía está suave y mojada. Sé que ahora no está cerca del orgasmo y no intento hacerla llegar. En su lugar, la calmo con los labios y la lengua, dándole un placer poco exigente. Hago esto durante lo que parecen horas y, al final, siento cómo esa tensión aterrorizada abandona su cuerpo.

Sigo lamiéndola. Muevo la boca abajo, a su parte cremosa, y la saboreo. Se tensa de una manera distinta, un gemido se le escapa de entre los labios y aumento su creciente excitación masajeándole cuidadosamente con los dedos el clítoris hinchado. Ahora gime de verdad y muevo la boca incluso más abajo, al estrecho anillo de músculos entre las nalgas.

Se pone rígida durante un segundo, pero solo me dedico a lamerle ese punto. Le chupo el agujero trasero y le froto el clítoris hasta que jadea y gime y balancea las caderas a un ritmo instintivo. Puedo sentir que está a punto y la llevo al extremo sin piedad, pellizcándole el clítoris con una presión firme y constante.

Se le tensa el cuerpo, y siento el anillo de músculos palpitando y contrayéndose bajo mi lengua mientras grita al correrse. La lamo por última vez, con tanta saliva como puedo, y, luego, uso la distracción de su orgasmo para empujar el dedo de nuevo en su interior. Se desliza con facilidad antes de que su cuerpo lo frene y lo mantengo allí, permitiendo que ella se adapte a la sensación, mientras yo me incorporo y me acerco, presionándole la ingle contra la parte inferior del cuerpo.

Tiene los ojos muy abiertos y parecen aturdidos, los labios separados mientras me mira fijamente y el pecho le sube y le baja, jadeante.

—No voy a hacerte daño —repito, dejando el dedo en su interior al mismo tiempo que, con la mano libre, llevo la polla hasta el coño—. Esto es lo más lejos que vamos a llegar hoy.

Yulia no responde, pero se le cierran los ojos y se muerde el labio inferior con los dientes cuando la punta de la polla entra en ella, caliente, apretada y húmeda. Con el dedo enterrado en su culo, puedo sentir cómo empujo con la polla para penetrarla y sus paredes internas ceden a medida que la meto más adentro. Gimo por el exquisito placer que me produce. Se me contraen los huevos con una necesidad explosiva.

—Así, cariño, así. Déjame entrar más… —Apenas soy consciente de lo que digo, mi voz es como un estruendo salvaje en el pecho mientras el coño me succiona, envolviéndome por completo—. Ah, joder, sí, así…

Grita mientras me agarro a la cama y empiezo a empujar, incapaz de contenerme. Estar dentro de ella es el paraíso y no querría salir nunca. Si fuera por mí, me pasaría la eternidad follándome a Yulia. Pero, demasiado pronto, el placer se intensifica, convirtiéndose en un éxtasis afilado, y siento el ardor del orgasmo en las pelotas. Acelero el ritmo, solo tengo que continuar, y oigo sus gritos cada vez más fuertes mezclándose con mis gemidos. Se me nubla la vista, todo el cuerpo se me apodera de una tensión intolerable, y, a través del estruendo de los latidos del corazón, escucho a Yulia gritar y siento que me envuelve la polla y el dedo con los músculos internos.

Me doy cuenta vagamente de que se corre y entonces llego al clímax, el semen entra en ella cuando la polla se sacude sin control, una y otra vez.

ulia

ESTOY MAREADA Y TEMBLANDO, ME LATE EL CORAZÓN A un ritmo estratosférico cuando retira despacio el dedo de mi trasero y sale de mí. Estoy tan fuera de mí que apenas noto que Lucas me desata, me coge en brazos y salimos de la habitación.

Me doy cuenta de que estamos en la ducha cuando un chorro de agua me cae encima. Lucas me abraza por la espalda para evitar que me desplome. Me tiemblan los músculos de las piernas por haber estado estirados durante tanto tiempo y el cuerpo me palpita después de su doble invasión. Lucas me besa el cuello mientras me sostiene delante de él y yo le dejo. Poso la cabeza en su hombro y una cascada de agua caliente cae sobre nosotros.

—Relájate, preciosa. —Mientras me alejo, su voz suena como un suave murmullo en los oídos. Me aprieta con los brazos, evitando que me mueva del sitio—. Solo nos vamos a dar una buena ducha juntos, nada más.

Sé que debería protestar, rechazarlo, pero ya no tengo fuerzas. Puede que nunca lo haya hecho, pero pelear contra Lucas significa pelear también conmigo misma. Hay algo perverso en mí que se derrite por este hombre cruel y peligroso, que se ha derretido por él desde el principio.

Al ver que ya no intento alejarme, Lucas se asegura de que me mantengo en pie y afloja los brazos con cuidado.

—Deja que te lave —murmura, buscando un bote de gel, y me quedo quieta, como una niña obediente, mientras me enjabona todo el cuerpo desde la cabeza hasta los pies. Con las manos enjabonadas, me recorre la piel, llegando incluso hasta los lugares donde antes me ha penetrado con el dedo. Cierro los ojos y me rindo a sus amables cuidados.

Mañana me odiaré por esto, pero esta noche quiero su cariño. Lo deseo.

Ha cumplido su promesa de no hacerme daño. Esto aún me sorprende un poco. Cuando Lucas me ha atado, he pensado que me haría algo horrible y, cuando me ha empezado a tocar el trasero, estaba segura de ello. Sin embargo, dejando a un lado la leve quemazón de la entrada inicial, no me ha hecho daño con el dedo y el roce de su lengua ahí era…interesante. La sensación ha sido rara y diferente, nada como el terrible dolor que Kirill me infligió aquel día.

El agua deja de caer y abro los ojos dándome cuenta de que Lucas ha cerrado el grifo.

—Ven, cariño. —Me guía fuera de la ducha y me envuelve con una toalla suave antes de empezar a secarse rápidamente—. Vamos a la cama —dice, dando un paso hacia mí—. Te estás quedando dormida de pie.

Me coge y, mientras me lleva a la habitación, no protesto. Incluso después de la ducha, siento que estoy a punto de caerme. Los orgasmos que Lucas me ha provocado me han agotado mental y físicamente y no hay nada que necesite más que dormir.

Dormir será mi vía de escape durante el resto de la noche y mañana el hombre que me atormenta se marchará.

Se irá y, si Rosa me aconsejó bien, yo también me iré.

Esta idea debería alegrarme, pero la felicidad es en lo último que pienso cuando Lucas me coloca en la cama y nos esposa juntos. Incluso ahora, una parte de mí llora la fantasía del hombre del que empecé a enamorarme antes de que me destrozara el corazón.

LUCAS ME DESPIERTA EN MEDIO DE LA NOCHE ENTRANDO en mí. Me penetra con la enorme polla desde atrás. Me quedo sin aliento, abro los ojos de golpe ante esta repentina intrusión. No estoy tan húmeda como antes, pero no importa. Mi cuerpo le responde en un instante, mi corazón se inunda de un calor líquido cuando empieza a moverse dentro de mí. No hay delicadeza en esta manera de follar, ni intento de hacer nada más que lo que es.

Una declaración dura y básica.

Nuestras muñecas izquierdas todavía están esposadas y la habitación está sumida en una oscuridad total. No puedo ver nada, solo puedo sentir cómo me aprieta contra él con el brazo como un cinturón de acero alrededor de mi caja torácica. Me golpea con la cadera y dejo que entre dentro de mí, incapaz de hacer otra cosa. Mi respiración se acelera, el calor me empapa la piel y mis músculos internos empiezan a contraerse.

—Dime que eres mía. —El aliento caliente de Lucas me recorre el cuello—. Dime que me perteneces.

—Yo… —La intensidad de lo que siento me abruma el cerebro adormilado—. Soy tuya.

—Otra vez

—Soy tuya. —Me quedo sin aliento cuando me golpea con la polla en ese punto dentro de mí que convierte el calor en un volcán—. Soy tuya.

—Sí, lo eres. —Mueve la mano izquierda hacia mi sexo, arrastrando mi muñeca con ella—. Eres mía y de nadie más.

—Sí, de nadie más… —No sé lo que estoy diciendo, pero me toca el clítoris con los dedos y no me importa.

Todo esto parece surrealista, como una especie de sueño erótico. Puedo sentir el cuerpo musculoso de Lucas a mi alrededor mientras me penetra con la polla y el calor volcánico crece, destruyendo todo pensamiento y razón. Aturdida, grito al tiempo que esta sensación llega al punto más álgido, se me contraen los músculos en torno al duro miembro y me corro.

Lucas también gime y siento cómo su cuerpo tiembla y se estremece detrás de mí. El calor de su semen me llena y se me vuelve a contraer el sexo por las réplicas, las chispas de placer que hierven en mis terminaciones nerviosas.

Respiro fuerte, cierro los ojos y siento su pecho subir y bajar, rozándome la espalda, mientras la polla se suaviza poco a poco dentro de mí. Sé que debería levantarme y limpiarme o al menos buscar un pañuelo, pero estoy demasiado relajada, demasiado agotada por el placer. Lo único que quiero hacer es estar en los brazos de Lucas. Él parece que tampoco está dispuesto a moverse y mis párpados se vuelven pesados a medida que mis pensamientos empiezan a desvanecerse. Ninguno de mis miedos y preocupaciones parece real, sino que da la sensación de que están lejos de este momento y de nosotros. En un mundo lejano, somos enemigos y él me tiene cautiva, pero yo ya no estoy en ese lugar cruel. Estoy aquí, caliente y segura en los brazos de mi amante.

El velo de la oscuridad me envuelve y, mientras me

sumerjo en la profundidad de los sueños, oigo que me dice en voz baja:

—Lo siento, Yulia. ¿Me odias?

—Nunca —le susurro a mi soñado Lucas—. Te quiero. Soy tuya.

Y, antes de que el sueño me lleve, siento que me besa la sien y me sujeta con fuerza, como si tuviera miedo de dejarme.

ucas

La respiración de Yulia tiene el ritmo regular del sueño, pero yo estoy totalmente despierto, con el corazón golpeándome con fuerza en el pecho. ¿Estaba hablando en serio? ¿Sabía lo que estaba diciendo?

¿Era consciente de que me lo estaba diciendo a mí?

Quiero zarandearla para que se despierte y me responda, pero resisto el impulso. No sé qué haría si Yulia me dijese que estaba soñando con Misha. Solo pensarlo me quema como el ácido. Si me enterase de que esas palabras iban dirigidas a él…

No. No puedo seguir por ahí. No quiero que Yulia me mire otra vez como si fuese un monstruo.

Aprieto el brazo alrededor de su costado, le rozo la

sien con los labios y cierro los ojos, intentando relajarme. Probablemente haya sido un desliz, algo que ha mascullado por accidente; pero, aunque fuese verdad lo que ha dicho, ¿por qué me iba a importar? Lo único que quiero de ella es sexo. Sexo y un mínimo de compañía.

Estar encaprichado de Yulia no significa necesitar su amor.

Trato de calmar la respiración y, así, poder dormir, pero la idea de que ella me ame es como una espina en el cerebro. Por mucho que lo intente, no puedo deshacerme de ella ni ocultar la cálida sensación que la acompaña.

Es una reacción ilógica por mi parte. Sé mejor que nadie que esas palabras no significan nada. Mis padres usaban «te quiero» de una forma trivial, como algo que se decían entre ellos y a mí en eventos sociales. Era parte de la imagen brillante que mostraban al público y siempre he sabido que no debía tomarlo al pie de la letra. Igual que con las mujeres con las que me he acostado: más de una lo ha usado de pasada, de la misma manera que dirían «hola» o «adiós». No tengo ningún motivo para aferrarme a eso que ha mascullado Yulia, algo que podría no ser siquiera para mí.

A menos que sí haya sido para mí. ¿Es posible? Aunque no es algo que Yulia haya dicho de forma trivial, de eso estoy seguro. Dadas las circunstancias, si se enamorase de mí, se resistiría a decírmelo el mayor tiempo posible; lo que quiere decir que no se ha dado cuenta de lo que decía.

«¡Joder!». Es evidente que no puedo dejarlo pasar. Necesito saber si Yulia me quiere para dejar de obsesionarme.

Me incorporo y me inclino sobre ella para encender la lámpara de noche.

Apenas se mueve cuando lo hago. Tiene los labios entreabiertos y las pestañas le forman oscuras medialunas en las mejillas pálidas. Con la cara relajada por el sueño, parece extremadamente joven… inocente, desgastada por mis duras exigencias.

La observo durante unos instantes; después, apago la luz. Tumbado, amoldo el cuerpo contra su delgada figura por la espalda y respiro el dulce aroma a melocotón de su cabello.

«Pronto», me prometo mientras cierro los ojos. Cuando vuelva de Chicago, le preguntaré y descubriré la verdad.

Mi prisionera no irá a ninguna parte y dos semanas no son tanto tiempo. Puedo esperar.

Los pitidos de la alarma me sacan del sueño profundo. Reprimo las ganas de romper el dichoso objeto, alargo una mano hacia la mesilla que está a mi derecha y la apago. Bostezando, saco la llave que guardo en un cajón y vuelvo la mirada hacia Yulia, a la que ahora sí he despertado con mis movimientos, que me observa con ojos soñolientos.

—Hola, preciosa. —Sin poder resistirme, abro las

esposas y la siento en mi regazo. Es suave y flexible. Siento la deliciosa calidez de su piel mientras la abrazo y debo reprimir el deseo de empujarla contra la cama para echarle un último polvo—. Tengo que irme —murmuro y le doy un beso en la cabeza. Hay muchas cosas que quiero decirle, muchas cosas de anoche que quiero preguntarle, pero lo dejo estar—: Pórtate bien con Diego y Eduardo, ¿vale?

Se tensa un poco, pero noto cómo asiente contra mi pecho.

—Yulia, anoche…

Le deslizo los dedos por el cabello y lo aparto con suavidad porque necesito verle el rostro, pero ella rechaza mi mirada. Tiene los ojos fijos en la barbilla.

Suspiro y decido dejarlo. No es el momento de hablar de lo que Yulia me dijo o no mientras estaba medio dormida.

—Te voy a echar de menos —digo con voz queda.

Aprieta los labios, baja aún más la mirada y me recuerdo a mí mismo que he de tener paciencia. Puedo esperar dos semanas. Le doy otro beso en la coronilla y la bajo de mis piernas a regañadientes, haciendo lo posible por apartar la mirada de sus curvas desnudas.

Diego y Eduardo llegarán en diez minutos y todavía tengo que ducharme y vestirme.

32

Yulia

—YULIA, A DIEGO YA LO CONOCES. ESTE ES EDUARDO —me dice Lucas y señala a dos guardias jóvenes—. Te cuidarán en mi ausencia.

Apoyo la cadera en la mesa de la cocina y les hago una seña con la cabeza a los dos varones de cabello moreno, manteniendo una expresión neutral con cautela. Diego es más alto que Eduardo, pero ambos son musculosos y están en buena forma. Son guapos a su manera, pero prefiero el aspecto de vikingo fiero de Lucas.

—Hola —digo, suponiendo que no tengo nada que perder si soy amable.

—Hola, Yulia. —Diego me sonríe, mostrando sus

dientes blancos y rectos—. Te veo mucho más... limpia hoy.

Su sonrisa es contagiosa y, de pronto, me veo sonriéndole yo también.

—Se supone que para eso están las duchas —respondo con ironía, por lo que suelta una carcajada, echando la cabeza hacia atrás.

Eduardo también ríe entre dientes, pero, cuando le lanzo una mirada furtiva a Lucas, veo que su expresión es oscura y tiene el ceño fruncido. ¿Está celoso de los guardias que él mismo ha elegido?

—Recordáis mis instrucciones, ¿no? —espeta Lucas con acritud mientras fulmina con la mirada a los dos hombres. Me doy cuenta de que, de verdad, está descontento con ellos—. ¿Todas?

—Sí, claro —responde Eduardo con rapidez. La sonrisa de Diego desaparece y ambos guardias se ponen firmes—. No tienes nada de lo que preocuparte —añade el más bajo de los dos.

—Bien. —Lucas les lanza una dura mirada antes de volverse hacia mí —. Te veo en dos semanas, ¿vale? —dice con un tono más suave. Yo asiento, intentando evitar su pálida mirada.

Tengo el horrible presentimiento de que el sueño de anoche no fue del todo fruto de mi imaginación.

Lucas se detiene un momento, como si quisiera decir algo, pero entonces se da la vuelta y se marcha por la puerta de la cocina. Unos segundos más tarde, oigo cerrarse la puerta de la entrada.

Mi captor se ha ido.

—Entonces —dice Diego, jovial, llamando mi atención de nuevo. Está sonriendo otra vez, con los brazos cruzados sobre el amplio torso—. ¿Qué hay para desayunar?

HAGO TORTILLAS FRANCESAS PARA MÍ Y PARA LOS DOS guardias, con cuidado de no hacer nada sospechoso. Parecen agradables, pero sé que quizás sus sonrisas sean solo fachada.

Los buenos chicos no trabajan para traficantes de armas y estos dos tienen razones para odiarme. Si están al tanto de mi papel en el accidente del avión, claro.

—Dime, Yulia —dice Eduardo mientras engulle su tortilla con un gusto evidente—, ¿dónde aprendiste a cocinar así? ¿Es algo ruso?

—Soy ucraniana, no rusa —respondo. Aunque la diferencia en mi región sea sutil, prefiero pensar que soy del país de mis empleadores—. Y sí, es algo típico de Europa del este. Mucha gente piensa todavía que la cocina es una habilidad necesaria para la mujer.

—Ah, bueno, sí, es necesaria. —Diego se mete el último trozo de tortilla en la boca y echa una mirada ansiosa a la sartén vacía—. Si de mí dependiera, sería obligatoria.

—Claro. Como limpiar, hacer la colada y cuidar de los hijos, ¿verdad? —Les dedico a ambos una mirada melosa.

—Si estuviera con una mujer como tú, haría la

colada yo mismo —dice Eduardo con aparente seriedad—, pero limpiar... supongo que algo de ayuda con eso estaría bien.

Suelto una carcajada, incapaz de controlarme. Este tipo ni siquiera intenta ocultar su punto de vista machista.

—Creo que Eduardo intenta decirte que Lucas es un tío con suerte —añade Diego con diplomacia y le da una patada al otro por debajo de la mesa—. Nada más.

—Ya. —Reprimo la necesidad de poner los ojos en blanco—. Estoy segura.

—Desde luego. —Diego me guiña un ojo y se levanta a tirar el plato de plástico—. Eduardo es un maleducado —explica, volviendo a la mesa—. Primero lo mimó su *mamacita* y, después, su exnovia.

—Cállate —masculla Eduardo echando chispas por los ojos—. Rosa no me mimaba. Solo era buena con las cosas de la casa.

—¿Rosa? —Reacciono ante la familiaridad del nombre.

—Sí, es la criada de Esguerra —dice Diego—. Es guapa. Demasiado buena para este. —Señala a Eduardo con el pulgar—. Por eso le dejó hace meses.

—Ya veo —digo, intentando que no se me note mucho el interés. Si Rosa salió con Eduardo en algún momento, eso explica por qué sabe lo de sus jugadas de póquer—. ¿Y Esguerra tiene muchas criadas?

—No creas —responde Eduardo mientras se levanta para tirar el plato. Tiene el ceño fruncido; supongo que el recuerdo de que Rosa lo dejase no debe ser agradable

—. Deberíamos irnos ya —añade con brusquedad. Después, me mira—. ¿Has acabado, Yulia?

Asiento e ingiero los restos de la tortilla.

—Sí. —Tiro el plato a la basura y, después, friego la sartén y la pongo encima de un papel absorbente—. Ya está.

—Bien. —Diego me sonríe con unos ojos oscuros relucientes—. Entonces ve al baño y saldremos a dar el paseo matutino.

Mientras ambos hombres me llevan a dar un paseo rápido por el bosque, considero que lo más probable es que no sepan nada de mi implicación en el accidente de avión que acabó con sus compañeros. O, si lo saben, son excelentes actores. Charlan conmigo tan plácidamente como lo hacen entre ellos, con una actitud amigable y relajada. No parecen asesinos, salvo por las armas que llevan insertadas en las pretinas de los vaqueros.

Si les mandaran meterme una bala en el cerebro, estoy segura de que ninguno dudaría un momento.

El paseo dura unos veinte minutos y, después, me llevan a casa de Lucas otra vez.

—Bueno, *chamaquita* —me dice Diego mientras me guía hacia la biblioteca de Lucas—. Tu novio nos ha dicho que este es tu sitio habitual. Coge el libro que quieras, que nosotros tenemos cosas que hacer.

—¿Novio? —Miro sorprendida al guardia—. ¿Te refieres a Lucas?

Diego sonríe.

—Ese mismo. A menos que tengas algún otro por aquí.

Me trago la negativa y cojo un libro cualquiera. Lucas no es mi novio en absoluto, pero, si eso es lo que creen, podría serme útil.

Mientras avanzo hacia el sillón, caigo en la cuenta de que esa también podría ser la razón por la que los guardias están siendo tan amables conmigo. Por regla general, es sensato respetar a la novia del jefe, aunque tenga que estar esposada y atada casi siempre.

Me siento, apoyo el libro sobre las piernas, inspiro profundamente y extiendo las muñecas hacia Diego.

—Venga. Estoy lista.

 ucas

Nuestro vuelo a Chicago transcurre sin incidentes. Esguerra pasa cada dos horas por la cabina de vuelo para comprobar algo, pero la mayoría del tiempo está en la cabina principal con su mujer y con Rosa, quien los acompaña en este viaje.

—Nora sigue durmiendo —dice al pasarse otra vez una hora antes de aterrizar. Junta las oscuras cejas al fruncir el ceño, con expresión preocupada—. ¿Crees que es normal dormir tanto?

—Las embarazadas necesitan descansar mucho, o eso he oído —respondo ocultando una sonrisa. Esguerra actúa como si ninguna mujer hubiese estado encinta nunca—. Seguro que está bien.

Asiente y se esfuma de vuelta a la cabina. «Seguramente para cuidar de Nora», pienso divertido antes de dirigir, de nuevo, mi atención a los mandos.

Desde el accidente, no dejo nada al azar.

Aterrizamos en un pequeño aeropuerto privado a las afueras de Chicago. En la pista nos espera una limusina blindada. He enviado a la mayoría de los guardias antes para que peinaran el aeropuerto de arriba abajo, así que sé que es seguro. Aun así, echo un vistazo automático a los alrededores en busca de posibles peligros antes de dirigirme hacia la limusina y sentarme en el asiento del conductor.

Nunca se tiene demasiado cuidado en nuestro tipo de trabajo.

Mientras conduzco la limusina hacia la casa de los padres de Nora, me acuerdo de Yulia. Esguerra está atrás con Nora y Rosa y todo está tranquilo en la carretera, así que aprovecho para llamar a Diego.

—¿Cómo va todo? —pregunto en cuanto el guardia descuelga.

—Pues, a ver… —Parece a punto de echarse a reír—. Ha preparado una estupenda tortilla para el desayuno. Para la comida, nos ha dado el mejor pollo que he comido nunca y, para la cena, está haciendo chuletas de cerdo a la parrilla y horneando una tarta de chocolate. Así que yo diría que va bastante bien. Ah, y la hemos llevado de paseo esta mañana.

—¿Se está portando bien? ¿No ha intentado escapar?

—¿Me estás vacilando? Tu chica es una prisionera

modelo. Incluso nos ha enseñado algunas palabrotas en ruso a la hora de la comida. Algo como *yob tvoyu mat...*

—Estupendo. —Rechino los dientes, luchando contra un arrebato de celos irracionales. Sé que puedo confiar en estos dos guardias, pero aun así me molesta que estén tan amistosos con mi cautiva. Leales o no, siguen siendo hombres, y yo sé lo fácil que es obsesionarse con Yulia—. No os olvidéis esposarla a la barra que hay al lado de la cama por la noche.

—Eso está hecho, tío.

—Bien. —Inspiro profundamente—. Y, Diego, si tú o Eduardo le tocáis un solo pelo…

—Nunca. —El joven mexicano parece ofendido—. Es tuya, ya lo sabemos.

—Muy bien. —Me obligo a relajar la mano del volante—. Llámame si pasa algo.

Cuelgo y dirijo mi atención a la carretera.

La cena de Esguerra con su familia política transcurre sin incidentes hasta que Frank, el contacto de Esguerra en la CIA, decide visitarnos. Insiste en hablar con Esguerra, así que llamo al jefe para que salga, no sin antes asegurarme de que nuestros francotiradores están preparados. Si la agencia estadounidense decide acabar con nosotros hoy, les daremos guerra.

Por suerte, Frank no parece que vaya a suicidarse. Manda que se lleven su coche y sale de paseo con

Esguerra. Les sigo de cerca, con la mano puesta en el arma dentro de la chaqueta. No van lejos, solo hasta el parque más cercano y de vuelta.

—¿Qué querían? —le pregunto a Esguerra mientras se aleja el Lincoln negro de Frank.

—Que nos vayamos de su puto país —me explica—. Parece que en el FBI están hechos una fiera; así es como me lo ha dicho Frank. Quieren saber qué hacemos aquí. Además, está todo el asunto del secuestro de Nora.

—Ya. ¿Y qué le has dicho?

—Que no estamos aquí por trabajo y que nos iremos en cuanto hayamos terminado. Ahora, si me disculpas, tengo una cena familiar que atender.

Desaparece de nuevo en la casa y yo me dirijo a la limusina, negando con la cabeza, receloso. He de admitir que mi jefe tiene un par de huevos.

Ya es tarde cuando la cena de Esguerra acaba. Afortunadamente, no hay mucho camino hasta Palos Park, una urbanización adinerada donde le recomendé a Esguerra comprar una mansión.

—Será más seguro que un hotel —le comenté cuando comenzó a organizar el viaje hace dos semanas —. Esta casa en particular es especialmente buena porque está vallada y tiene un portón electrónico, por no mencionar el largo sendero hasta la casa, óptimo para mantener la privacidad.

Cuando llegamos a casa, Esguerra, Nora y Rosa entran mientras yo compruebo que los guardias estén en sus posiciones y sepan qué hacer en caso de emergencia. Me lleva más de una hora y, para cuando entro en la casa, estoy más que listo para irme a la cama. Antes, sin embargo, necesito cenar algo; las dos barritas energéticas que he comido en el coche son una mierda de sustituto para la cena. Evidentemente, me he acostumbrado a la comida de Yulia.

—Ah, hola, Lucas —me saluda Rosa cuando entro en la cocina. Se ruboriza al mirarme. Debo de haberla pillado cuando se iba a la cama, porque lleva un pijama largo y envuelve una taza de leche humeante con ambas manos—. No me había dado cuenta de que seguías despierto.

—Sí, he tenido que hacer unas comprobaciones de última hora —apunto, conteniendo un bostezo—. ¿Qué haces despierta?

—No podía dormir. Demasiadas emociones nuevas, supongo. —Tuerce los labios en una sonrisa irónica—. Ha sido mi primera vez en avión. Y en Estados Unidos.

—Ya veo —reprimiendo otro bostezo, me acerco a la nevera y la abro. Está hasta arriba (yo mismo me encargué de que trajesen la comida), así que cojo algo de queso y pan de molde para hacerme un sándwich.

—¿Quieres que te prepare algo? —me ofrece Rosa, mirándome insegura—. Puedo improvisar algo en un momento.

—Un detalle por tu parte, gracias, pero deberías irte a dormir. —Coloco una loncha de queso sobre el pan y le doy un mordisco al sándwich seco—. Estoy seguro de que mañana tendrás que cocinar mucho —digo tras masticar y tragar.

—Sí, bueno, ese es mi trabajo... —Se encoge de hombros y añade—: Aunque seguro que tienes razón; creo que el señor Esguerra espera impresionar a los padres de Nora mañana.

—Mmm. —Termino lo que me queda del sándwich en tres bocados y guardo el queso en la nevera—. Buenas noches, Rosa —digo y me doy la vuelta para marcharme.

—Igualmente. —Me observa con una expresión extrañamente tensa mientras me voy de la habitación, pero estoy demasiado cansado para pensar en lo que puede tener en la cabeza.

Al llegar a mi habitación, me doy una ducha rápida y me tumbo en la cama. Para mi sorpresa, el sueño no viene enseguida, sino que me mantengo despierto durante algunos minutos, dando vueltas en el enorme colchón que se me antoja frío y demasiado vacío.

No ha pasado ni un día y ya echo de menos a Yulia. Dos semanas, me digo. Solo necesito aguantar dos semanas. Después, volveré a casa y Yulia estará, de nuevo, en mis brazos todas las noches.

Yulia

CONTEMPLO EL OSCURO TECHO, INCAPAZ DE CERRAR LOS ojos, a pesar de la hora que es. Es extraño estar en la cama de Lucas sin él... sintiendo el frío acero de las esposas que me anclan a la barra de la cama en vez de a su muñeca. Me he acostumbrado a dormir rodeada por su cuerpo grande y cálido e, incluso con la manta hasta la barbilla, me siento fría y expuesta, tendida aquí sola, intentando relajarme lo suficiente como para dormirme.

Diego y Eduardo han sido buenos carceleros hasta ahora. Se han atenido a la rutina que Lucas les ha debido ordenar, dejándome comer, estirar, ir al baño y leer en el cómodo sillón. También me han hecho compañía a las horas de la comida, aunque creo que se debe principalmente a los platos que he cocinado. Cuando terminamos de cenar, determiné que me gustaban los dos; tanto como pueden gustarte unos mercenarios cuyo trabajo es mantenerte cautiva. Rosa estaba en lo cierto cuando decía que eran buenos tíos; en otras circunstancias podríamos haber sido buenos amigos.

Espero que Lucas no los castigue con demasiada severidad por mi huida, en caso de que tenga éxito mañana, claro.

Pensar en mañana ahuyenta cualquier rastro de somnolencia que estuviera empezando a sentir. Para aliviar mi ansiedad, repaso mentalmente los detalles de mi plan. Es simple: justo después del almuerzo, usaré las herramientas que me dio Rosa para liberarme y escapar hacia la frontera norte de la finca, donde los guardias de la Torre Norte Dos estarán distraídos jugando al póquer. Diego y Eduardo estarán en esa partida, así que no vendrán a buscarme hasta las seis de la tarde. Para entonces, ya estaré en el camión de reparto, que, espero, estará lejos de las instalaciones de Esguerra.

Si todo va bien, mañana por la noche ya no seré la prisionera de Lucas Kent.

Debería estar entusiasmada, pero, en vez de eso, siento un vacío en el pecho. El sueño de anoche, si es que fue un sueño, aún parece dolorosamente vívido en mi cabeza. Durante un instante, olvidé quiénes éramos, lo que había pasado entre nosotros y le dije a Lucas algo que ni yo misma sabía hasta ese momento.

—¿Me odias? —me preguntó y, como una idiota, le respondí que lo quería.

Reconocí mi terrible debilidad irracional a un hombre que me había hecho daño con todas las armas que le había proporcionado.

Tal vez no lo dije en voz alta. Tal vez sí fue un sueño o, mejor dicho, una pesadilla. Aunque, en ese caso, ¿por qué sacó Lucas el tema de anoche cuando se estaba despidiendo? ¿Por qué me dijo que me echaría de menos?

Gimiendo, me tumbo sobre el costado y golpeo la almohada con el puño libre. El cautiverio me ha puesto enferma o, por lo menos, me ha lavado el cerebro. No puedo enamorarme del hombre que intenta acabar con mi hermano. No puedo ser la imbécil que se ha prendado de un asesino que tiene un témpano de hielo por corazón.

«Te echaré de menos».

Me susurra su voz grave en la mente y cierro las pestañas, intentando no escucharla. Lo que sea que esté sintiendo, ya sea amor o una locura temporal, habrá cesado cuando esté lejos de aquí. Tengo que creer en ello para poder centrarme en huir.

El desayuno y el almuerzo pasan con una lentitud agónica. Para cuando Diego y Eduardo me esposan al sillón y se marchan, estoy a punto de arrancarme la piel a tiras. Espero que no se hayan dado cuenta de lo nerviosa que estoy; he hecho todo lo posible por actuar con normalidad, pero no sé si lo he conseguido.

Tras oír la puerta delantera cerrarse, me quedo sentada en silencio unos minutos para asegurarme de que no van a volver. Cuando estoy convencida de que se han ido, empiezo a moverme. Me late el corazón a un ritmo rápido y desesperado y me sudan las palmas de las manos mientras busco, entre los cojines del sillón, los objetos que me dio Rosa.

Primero, pesco la horquilla. Con los brazos atados al asiento, mi movilidad es limitada, pero consigo meter la horquilla en la cerradura de las esposas. No soy para nada una profesional en abrir cerraduras, pero sí nos instruyeron en esto durante nuestro entrenamiento; tras unos intentos frustrados, logro abrir las esposas.

Ahora toca la cuchilla. Ya con las manos desatadas, coloco la diminuta cuchilla bajo las cuerdas que me rodean la parte superior del brazo y las corto. No es tarea fácil (de hecho, sangro por varios cortes al terminar con la gruesa cuerda), pero estoy decidida: diez minutos más tarde, he cortado suficientes cuerdas como para poder zafarme de la silla. Primer paso completado.

A continuación, me apresuro a ir hacia la cocina y cojo dos botellas de agua y unas cuantas barritas energéticas que he encontrado en uno de los armarios. No espero estar en la selva durante mucho tiempo, pero es mejor estar preparada. En este momento del día, el calor podría deshidratarme en cuestión de horas. También me llevo el cuchillo de cocina más afilado que encuentro y escondo la cuchilla y la horquilla en el bolsillo de los pantalones cortos, por si acaso. Meto la comida y el cuchillo en una mochila que encuentro en el armario de Lucas y me dirijo hacia la puerta de su habitación que da al patio trasero y, tras este, a la selva.

Aguantando la respiración, abro la puerta y escudriño la zona. No hay indicios de los guardias; solo oigo los sonidos de la naturaleza.

De momento, todo bien.

Salgo y cierro la puerta. Me inunda una ola de calor húmedo que me pega la ropa a la piel. Sabía que tenía que coger esas botellas de agua. Tendré que ir hacia el norte dos millas y media y, después, hacia el oeste siguiendo el río para llegar al camino de tierra que mencionó Rosa, y necesitaré beber en ese tiempo.

Respiro para calmar los nervios y me dirijo hacia los árboles que hay detrás de la casa. Mis deportivas, el calzado que Lucas me compró para nuestros paseos, apenas hacen ruido al adentrarme en la espesa selva. Exhalo aliviada cuando las copas de los árboles se cierran por encima de mí, ocultándome de cualquier potencial vigilancia aérea.

Ahora tengo que llegar a la frontera y encontrar el camino por el que pasará el camión de reparto en algún momento después de las tres de la tarde.

Se me acumula el sudor en las axilas y me recorre la espalda al andar apresuradamente intentando no pisar ningún insecto ni ninguna serpiente. Un árbol menudo, un árbol grueso, un matorral, un tronco caído: esas referencias me sirven para recordar el camino. Centrarme en los alrededores más inmediatos me ayuda a no pensar en los drones que pueden estar sobrevolándome o en los guardias a los que tendré que burlar de camino a la frontera. Rosa me dijo que la Torre Norte Dos es donde los guardias juegan al póquer, pero no tengo ni idea de cómo voy a distinguir esa torre de cualquier otra.

Si existe una Torre Norte Dos, debe haber una Torre Norte Uno y, si doy con la torre equivocada, estoy jodida.

Después de media hora, saco la primera botella, engullo casi toda el agua y me limpio el sudor de la cara con la camisa. Incluso con los pantalones cortos y la camiseta de tirantes, el calor es insoportable.

«Solo un poco más», me digo. El río ya no debe de andar lejos. Solo tengo que llegar a él y seguirlo hacia el oeste hasta el camino. Solo falta otra media hora, como mucho.

—¡Alto!

Ante la áspera orden en español, me quedo quieta como una estatua y levanto las manos instintivamente. La botella de agua se me cae al perder la fuerza en los dedos. «Ah, mierda. Mierda, mierda, mierda».

La voz masculina me grita otra orden. Me doy la vuelta, asumiendo que eso es lo que me ha ordenado. Un hombre fornido y de cabello moreno se encuentra a un par de metros delante de mí con un rifle M16 apuntándome al pecho. Lleva pantalones de camuflaje y una camiseta sin mangas. Veo una radio enganchada a su cintura.

Es uno de los guardias. Debe de haber estado haciendo la ronda por el bosque y me ha visto. Estoy muy, muy jodida.

Me fulmina con la mirada y dice algo en español. Niego con la cabeza.

—Lo siento. —Me humedezco los labios resecos—. No hablo español.

Su ceño se acentúa.

—¿Quién eres? ¿Qué haces aquí? —pregunta en inglés con un acento muy marcado.

—Estoy… —Trago saliva y siento cómo me resbala el sudor por la sien—. Estoy en casa de Lucas.

—¿Lucas Kent? —El guardia parece confundido por un momento; entonces abre los oscuros ojos—. Eres la prisionera.

—Mmm, más o menos. Pero ahora soy su invitada. —Esbozo una sonrisa temblorosa mientras bajo las manos despacio—. Ya sabes cómo va eso.

Entonces su cara refleja que lo ha entendido.

—Eres su puta —dice en español.

Estoy bastante segura de que me ha llamado zorra, pero asiento y amplío la sonrisa, con la esperanza de que parezca seductora, en vez de temerosa.

—Le gusto —digo, llevando los hombros hacia atrás para mostrarle los pechos sin sujetador—. Ya me entiendes.

El hombre deja caer la mirada desde mi rostro a la camiseta de tirantes empapada en sudor.

—Sí. —Su voz es ligeramente áspera—. Te entiendo.

Doy un paso hacia él, aún con una sonrisa en los labios.

—Ahora no está —continúo, asegurándome de contonear las caderas—. Se ha ido de viaje con tu jefe.

—Sí, con Esguerra. —Parece hipnotizado por mis pechos, que se balancean cuando me muevo—. De viaje.

—Eso es. —Doy otro paso hacia delante—. Estaba aburrida en casa.

—¿Aburrida? —Al fin logra separar la mirada del pecho. Tiene los ojos algo vidriosos cuando me mira a la cara, pero me sigue apuntando con el arma—. No deberías estar aquí fuera.

—Ya lo sé. —Me muerdo el labio inferior a propósito—. Lucas me deja salir al patio. Había un pájaro precioso, empecé a perseguirlo y me perdí.

Es la historia más estúpida que he contado, pero al guardia no se lo parece. Claro, el hecho de que me esté mirando los labios como si quisiera comérselos puede tener algo que ver.

—Así que... a lo mejor puedes indicarme cómo volver —continúo porque sigue callado. Me arriesgo a dar otro pequeño paso hacia él—. Hoy hace mucho calor.

—Sí. —Baja el arma y me agarra del brazo izquierdo—. Ven. Te llevaré.

—Gracias. —Le dedico la sonrisa más radiante que

puedo, lanzo la mano derecha hacia arriba y le golpeo debajo de la nariz con la parte inferior de la palma de la mano. Suena un crujido, seguido de un chorro rojo. El guardia se tambalea hacia atrás, agarrándose la nariz rota en un acto reflejo. Cojo el cañón de la M16, le doy una patada en la rodilla al agente y tiro del rifle de asalto hacia mí.

A pesar de impactarle el pie contra la rodilla, no suelta el arma. En vez de eso, se olvida la nariz y agarra el arma con ambas manos, tirando de ella y de mí hacia él. Puede que no esté tan bien entrenado como Lucas, pero aun así es mucho más fuerte que yo.

Cuando me doy cuenta de que solo tengo unos segundos antes de que me lance al suelo, dejo de tirar y empujo el arma hacia él, haciendo que pierda el equilibro durante un momento. Al mismo tiempo, le doy una patada en la entrepierna con todas mis fuerzas.

Mis zapatillas dan en el blanco: los huevos del guardia. Deja escapar un gemido ahogado y, a continuación, un grito agudo y se dobla por la cintura. Su rostro se vuelve de un pálido enfermizo y afloja el arma durante un momento. Es todo lo que necesito.

Doy un tirón para quitarle la pesada arma y le golpeo en la cabeza con ella. El rifle hace un ruido seco al chocar con el cráneo. El impacto de la colisión me provoca una sacudida de dolor en los brazos, pero mi oponente cae al suelo desplomado.

No tengo ni idea de si está inconsciente o muerto y no quiero perder tiempo comprobándolo. Si hay otros guardias por los alrededores, han debido de oírlo gritar.

Agarro el M16 y empiezo a correr. Un árbol. Un arbusto. Una raíz nudosa. Un hormiguero. Las pequeñas referencias se difuminan delante de mis ojos mientras corro. Mi respiración agitada me retumba en los oídos. Cada par de minutos, echo la vista atrás para buscar indicios de que me están persiguiendo, pero no hay ninguno evidente. Tras unos cuantos minutos, me arriesgo a bajar el ritmo y trotar.

¿Dónde diablos está ese río? Dos millas y media son como cuatro kilómetros; no debería estar tardando tanto. Antes de tener ocasión de preguntarme si Rosa me habrá mentido, la tierra delante de mí se inclina en un ángulo agudo. Patino hasta detenerme, evitando a duras penas rodar por la pendiente, y, a través de la espesa maraña de arbustos que tengo delante, veo debajo un brillo azulado.

El río. Estoy en la frontera norte de las instalaciones de Esguerra.

Suelto un suspiro de alivio. Me acerco para echar un vistazo y me quedo quieta como una estatua de nuevo.

A menos de cien metros, a mi izquierda, hay una torre de vigilancia.

No la había visto a causa de los árboles.

Retrocedo y me agacho tras el árbol más cercano, con la esperanza de que los guardias no me hayan visto todavía. Como no escucho gritos ni disparos, me arriesgo a asomarme para observar la torre de nuevo.

La estructura es alta y ominosa y se cierne sobre la selva. En la cima, hay un recinto cuadrado con rendijas en vez de ventanas y, alrededor del recinto, una pasarela al aire libre. No veo ningún guardia en la pasarela, pero probablemente estén dentro, resguardándose del sofocante calor a la sombra. No hay ningún cartel en la estructura. Podría ser la Torre Norte Dos, pero también podría ser cualquier otra. No tengo forma de saberlo.

Si voy al oeste, tendré que pasar justo al lado y, si los guardias del recinto miran hacia fuera, me habrán atrapado en un instante.

Durante un momento, sopeso la idea de dar la vuelta e intentar localizar el camino cuando esté más al sur, lejos de la vista de la torre, pero decido no hacerlo. Podría haber más torres allí. Además, Rosa me dijo que el programa informático de seguridad se centra en lo que se «aproxima» a la finca. Eso implica que el ordenador avisa de cualquier cosa que se mueva hacia el sur a partir de aquí.

Tengo que o cruzar el río en este punto, o ir hacia el oeste e intentar encontrar el camino que se cruce con el río.

Observo el río. Con los espesos arbustos bloqueándome la visión, no distingo lo ancho o profundo que es. Bien podría tener una corriente fuerte o, como es la selva amazónica, estar plagado de cocodrilos. Si fuese una nadadora particularmente buena, me arriesgaría, pero cruzar ríos en la selva no formó parte de mi entrenamiento.

Vuelvo a mirar a la torre. Ni rastro de guardias en la pasarela. ¿Estarán jugando al póquer dentro?

Vacilo entre mis dos opciones durante un minuto, debatiendo los pros y contras de cada una, pero, al final, es la posición del sol lo que me ayuda a tomar una decisión. Está descendiendo, lo que significa que ya es por la tarde. No tengo reloj, así que no sé qué hora es, pero deben de ser cerca de las tres.

Si no encuentro el camino pronto, me arriesgo a perder el camión de reparto y entonces no importará si los guardias de la torre me ven o no. En cuanto Diego y Eduardo se den cuenta de que no estoy, me localizarán en cuestión de horas si sigo en la selva a pie.

Pongo el M16 en el suelo para intentar que se me calme el temblor de las manos. Es más probable que me disparen si ven que tengo un arma y un rifle de asalto no me ayudará contra unos guardias mejor armados que yo y que cuentan con la protección del recinto.

Con una última mirada al río, dejo el cobijo del árbol y me dirijo al oeste, hacia la torre.

Un árbol menudo. Un árbol grueso. Una raíz. Un arbusto. Un matojo de flores salvajes. Me fijo en la vegetación a medida que avanzo con el miedo cerniéndose alrededor de mi pecho como dedos helados. Me acerco más a la torre (ahora puedo verla en mi visión periférica) y me concentro en no mirarla, en moverme con lentitud y seguridad, un pie tras otro.

Un árbol grueso. Otro árbol grueso. Una pequeña zanja que he de saltar. Parece que el corazón se me va a salir por la boca, pero sigo avanzando sin mirar hacia la torre. Está paralela a mí; después, un poco por detrás. Sigo con la mirada fija al frente y con el mismo ritmo moderado.

Se me eriza la piel y siento un hormigueo en la nuca al cruzar un pequeño claro; sin embargo, siguen sin oírse gritos o disparos.

No me ven.

Esta debe de ser la Torre Norte Dos.

Me arriesgo a apresurar ligeramente el paso y, al mirar atrás un par de minutos más tarde, la torre ya no es visible.

Me detengo y me apoyo en el tronco de un árbol, con las rodillas temblando de alivio.

He llegado más allá de la torre sin que me disparen.

Cuando mi frenético pulso se calma un poco, me obligo a ponerme en pie y seguir adelante.

No sé cuánto tardo en llegar al camino, pero el sol ya está muy bajo en el cielo cuando lo encuentro. No es gran cosa, es simplemente un sendero que atraviesa la selva, pero, en el lugar donde cruza el río, se ensancha en un robusto puente de madera.

Me detengo y escucho, pero todo está en silencio. No hay sonidos de ningún vehículo aproximándose ni indicios de guardias.

Me dirijo hacia el puente y comienzo a andar. Inmediatamente me doy cuenta de que hice bien en no cruzar el río en el lugar de la torre. Es ancho y ambas orillas son escarpadas, casi como acantilados. Incluso en caso de haber llegado al otro lado, habría tenido problemas para escalar la otra orilla.

Sigo caminando y pronto dejo atrás el puente y las instalaciones de Esguerra. Intento mantenerme cerca de los árboles tanto como me es posible sin perder el camino. No quiero que me vea ningún dron que pueda estar patrullando la zona, pero no puedo permitirme perder el camión de reparto en su vuelta.

Camino durante lo que parecen horas hasta que, finalmente, oigo el ruido de un motor.

Aquí está.

Saco el cuchillo que he robado de la cocina de Lucas y lo meto en la pretina de los pantalones cortos, tapando el mango con la camiseta de tirantes. Espero no tener que usarlo, pero es mejor estar preparada.

Ignorando el martilleo frenético del pulso, salgo al camino y espero a que el vehículo se acerque.

Es una furgoneta, no un camión como yo había supuesto. Se detiene delante de mí y el conductor, un hombre bajo de mediana edad y piel muy bronceada, salta del coche y me mira con sorpresa. Pregunta algo en español y niego con la cabeza, diciendo:

—Turista. Soy una turista estadounidense y me he perdido. Por favor, ayúdeme.

Parece aún más sorprendido y dice algo muy rápido en español. Niego con la cabeza de nuevo.

—Lo siento, no hablo español.

Frunce el ceño y mira alrededor, como esperando que un traductor salte de los arbustos. Como nada sucede, se encoge de hombros y me hace un ademán para que le siga hacia el coche.

Me subo al asiento del copiloto, asegurándome de

tener la mano cerca del cuchillo. El repartidor podría ser un empleado de Esguerra o un civil que simplemente suministra comida a la finca del traficante de armas.

En cualquier caso, si intenta hacer algo o llamar a alguien, estoy preparada.

El conductor arranca el coche y la furgoneta se pone en marcha, hacia el norte, por el camino de tierra. Tras unos minutos, el hombre pone música y empieza a tararear en voz baja. Le sonrío y retiro la mano del mango del cuchillo.

Lo he conseguido.

He escapado.

Ahora podré avisar a Obenko y salvar a mi hermano.

—Adiós, Lucas —digo en un susurro inaudible mientras la furgoneta traquetea por el camino sin asfaltar, alejándome de mi captor.

Alejándome del hombre al que amo.

¡Gracias por leer! Espero que te hayan gustado Lucas y Yulia. Su romance continúa en *(Atrápame: Libro 3)*.

¿Quieres que te avise de mis novedades? Inscríbete en mi lista de correo electrónico en www.annazaires.com/book-series/espanol.

¿Quieres leer mis otros libros? Puedes echarle un vistazo a:

- *La trilogía Secuestrada*: la oscura historia de cómo el jefe de Lucas, Julian Esguerra, secuestró a su esposa, Nora.
- *La trilogía Mia & Korum*: la historia futurista de ciencia ficción de Korum, un poderoso alienígena, y Mia, la tímida estudiante que él está decidido a poseer.

Y ahora, pasa la página y disfruta de un avance de *Secuestrada* y *Contactos Peligrosos*.

Y ahora, pasa la página y disfruta de un avance de *Secuestrada* y *Contactos Peligrosos*.

Nota del autor: *Secuestrada* es una oscura trilogía erótica sobre Nora y Julian Esguerra. Los tres libros se encuentran ya disponibles.

Me secuestró. Me llevó a una isla privada.

Nunca pensé que pudiera pasarme algo así. Nunca imaginé que ese encuentro fortuito en la víspera de mi decimoctavo cumpleaños pudiera cambiarme la vida de una forma tan drástica.

Ahora le pertenezco. A Julian. Un hombre que tan despiadado como atractivo, un hombre cuyo simple roce enciende la chispa de mi deseo. Un hombre cuya ternura encuentro más desgarradora que su crueldad.

Mi secuestrador es un enigma. No sé quién es o por qué me raptó. Hay cierta oscuridad en su interior, una oscuridad que me asusta al mismo tiempo que me atrae.

Me llamo Nora Leston, y esta es mi historia.

Está empezando a atardecer y con el paso del tiempo, estoy cada vez más nerviosa por la idea de volver a ver a mi secuestrador.

La novela que he estado leyendo ya no consigue distraerme, así que la dejo y comienzo a andar en círculos por la habitación.

Llevo puesta la ropa que Beth me ha dejado antes: un vestido veraniego azul que se abrocha por delante, bastante bonito. No es exactamente el estilo de ropa que me gusta, pero es mejor que un albornoz. De ropa interior hay unas braguitas blancas de encaje sexis y un sujetador a juego. Sospechosamente, toda la ropa me queda bien. ¿Habrá estado espiándome todo este tiempo? ¿Estudiándolo todo sobre mí, incluida mi talla de ropa?

Este pensamiento me revuelve el estómago.

Intento no pensar en lo que va a suceder a continuación, pero es imposible apartarlo de mi mente. No sé por qué, pero estoy segura de que vendrá a verme esta noche. Puede que tenga todo un harén de mujeres ocultas en esta isla y que vaya visitándolas un día a la semana a cada una, como hacían los sultanes.

Aun así, presiento que llegará pronto. Lo que pasó anoche no hizo más que abrirle el apetito, por eso sé que aún no ha terminado conmigo, ni mucho menos.

Finalmente, la puerta se abre.

Camina como si toda la estancia le perteneciera. Bueno, en realidad, le pertenece.

De nuevo, me veo absorta en su belleza masculina. Podría ser modelo o estrella de cine con esas facciones. Si hubiera justicia en este mundo, sería bajito o tendría algún defecto que compensara la perfección de sus facciones.

Pero no, no tiene ninguno. Es alto y su cuerpo musculado hace que esté perfectamente proporcionado. Recuerdo lo que es tenerlo dentro y siento a la vez una molesta sacudida de excitación.

Como las otras veces, lleva unos vaqueros y una camiseta de manga corta. Una gris esta vez. Parece que le gusta la ropa sencilla, y acierta. No necesita realzar su aspecto físico.

Me sonríe. Lo hace con esa sonrisa de ángel caído, misteriosa y seductora al mismo tiempo.

—Hola, Nora.

No sé cómo contestarle, así que le suelto lo primero que se me viene a la mente.

—¿Cuánto tiempo me vas a tener retenida aquí?

Ladea la cabeza ligeramente.

—¿Aquí en la habitación? ¿O en la isla?

—En las dos.

—Beth te enseñará la isla un poco mañana. Podrás darte un baño si te apetece —me dice, acercándose un poco más—. No te quedarás aquí encerrada, a no ser que hagas alguna tontería.

—¿Alguna tontería? ¿Cómo cuál? —pregunto. Me empieza a latir el corazón a toda velocidad al tiempo que él se para justo enfrente y alza la mano para acariciarme el pelo.

—Intentar hacer daño a Beth o incluso a ti misma. —Su voz es dulce y su mirada me tiene hipnotizada mientras me observa.

Parpadeo para tratar de romper su hechizo.

—Entonces, ¿cuánto tiempo me vas a tener aquí en la isla?

Me acaricia la cara con la mano y la curva alrededor de la mejilla. Me descubro apoyándome en su roce, al igual que un gato cuando lo acarician, pero trato de recomponerme inmediatamente.

Esboza una sonrisa de suficiencia. El cabrón sabe el efecto que tiene sobre mí.

—Espero que durante mucho tiempo —me contesta.

Por alguna extraña razón, no me sorprende. No se hubiera tomado tantas molestias en traerme aquí si solo quisiera acostarse conmigo unas pocas veces. Estoy aterrada, pero tampoco me sorprende mucho.

Me armo de valor y le hago la siguiente pregunta:

—¿Por qué me has secuestrado?

De repente la sonrisa desaparece. No responde; se limita a observarme con su inescrutable mirada azul.

Comienzo a temblar.

—¿Vas a matarme?

—No, Nora. No voy a matarte.

Su respuesta me tranquiliza, aunque obviamente puede que me esté mintiendo.

—¿Vas a venderme? —consigo articular palabra con dificultad—. ¿Como si fuera una prostituta o algo así?

—No —me responde dulcemente—. Nunca. Eres mía y solo mía.

Me siento algo más aliviada, pero aún hay algo más que tengo que averiguar.

—¿Me harás daño?

Por un momento, vuelve a dejarme sin respuesta. En sus ojos se adivina un halo de oscuridad.

—Probablemente —responde con voz queda.

Y de repente se acerca a mí y me besa, esta vez de manera dulce y suave.

Permanezco allí, petrificada, sin reaccionar durante un segundo. Lo creo. Sé que me dice la verdad cuando afirma que me hará daño. Hay algo en él que me pone los pelos de punta, que me ha alarmado desde la noche que lo conocí.

No es como los otros chicos con los que he salido. Es capaz de cualquier cosa. Y yo me veo totalmente a su merced.

Pienso en enfrentarme a él de nuevo. Sería lo normal en mi situación, lo más valiente. Y aun así no lo hago.

Siento la oscuridad que hay en su interior. Hay algo

que no me encaja de él. Su belleza exterior esconde dentro algo monstruoso.

No quiero provocar esa oscuridad. No quiero descubrir lo que pasaría si lo hago.

Así que permanezco metida en su abrazo y dejo que me bese. Y cuando me agarra y me lleva hacia la cama de nuevo, no trato de resistirme de ningún modo.

En lugar de eso, cierro los ojos y me entrego por completo a esa sensación.

Secuestrada ya está disponible. Para saber más y registrarte para mi lista de nuevas publicaciones, visita www.annazaires.com/book-series/espanol.

Nota del autor: *Contactos Peligrosos* es el primer libro de la trilogía de las Crónicas de Krinar Los tres libros se encuentran ya disponibles.

En un futuro cercano, la Tierra está bajo el dominio de los Krinar, una avanzada raza de otra galaxia que es todavía un misterio para nosotros…y estamos completamente a su merced.

Tímida e inocente, Mia Stalis es una estudiante universitaria de la ciudad de Nueva York que hasta ahora había llevado una vida normal. Como la mayoría de la gente, ella nunca había interaccionado con los invasores, hasta que un fatídico día en el parque lo cambia todo. Después de llamar la atención de Korum, ahora debe lidiar con un krinar poderoso y peligrosamente seductor que quiere poseerla y que no se detendrá ante nada para hacerla suya.

¿Hasta dónde llegarías para recuperar tu libertad? ¿Cuánto te sacrificarías para ayudar a los tuyos? ¿Cuál será tu elección cuando empieces a enamorarte de tu enemigo?

Respira, Mia, respira. Algo en el fondo de su mente, una pequeña voz racional, repetía sin cesar esas palabras. Esa misma parte extrañamente objetiva de ella notó la simetría de su rostro, la piel dorada que cubría tersamente sus pómulos altos y su firme mandíbula. Las fotos y vídeos de los K que ella había visto no les hacían justicia en absoluto. Vista a unos diez metros de distancia, la criatura era simplemente impresionante.

Mientras seguía mirándolo fijamente, todavía paralizada en el sitio, él dejó de apoyarse y empezó a andar hacia ella. O mejor dicho, a rondar con movimientos acechantes en su dirección, pensó ella estúpidamente, porque cada uno de sus pasos le recordaba a los de un felino selvático aproximándose con andares sinuosos a una gacela. Sus ojos no dejaban de sostenerle la mirada. Según él se iba acercando, ella podía distinguir unas motas amarillas tachonando sus ojos de un dorado claro, y unas tupidas y largas pestañas que los rodeaban.

Ella lo miró entre incrédula y horrorizada cuando se sentó en su banco, a menos de medio metro de ella, y le sonrió, mostrando unos dientes blancos y perfectos. "No tiene colmillos", advirtió alguna parte de su cerebro que aún funcionaba, "ni rastro de ellos". Ese era otro mito sobre ellos, igual que el que supuestamente odiaran la luz del sol.

—¿Cómo te llamas? —Fue como si la criatura prácticamente hubiese ronroneado la pregunta. Su voz era grave y sosegada, sin ningún acento. Le vibraron ligeramente las fosas nasales, como si estuviera captando su aroma.

—Eh... —Ella tragó saliva con nerviosismo—. M-Mia.

—Mia —repitió él lentamente, como saboreando su nombre—. ¿Mia qué?

—Mia Stalis. —Oh, mierda, ¿para qué querría saber su nombre? ¿Por qué estaba aquí, hablando con ella? En suma: ¿qué estaba haciendo en Central Park, tan lejos de cualquiera de los Centros K? *Respira, Mia, respira.*

—Relájate, Mia Stalis. —Su sonrisa se hizo más amplia, haciendo aparecer un hoyuelo en su mejilla izquierda. ¿Un hoyuelo? ¿Tenían hoyuelos los K?

—¿No te habías topado antes con ninguno de nosotros?

—No, nunca. —Mia soltó aire de golpe, al darse cuenta de que estaba aguantando la respiración. Estaba orgullosa de que su voz no sonara tan temblorosa como ella se sentía. ¿Debería preguntarle? ¿Quería saber? Reunió el valor—: ¿Qué, eh... —y tragó de nuevo — ¿qué quieres de mí?

—Por ahora, conversación. —Parecía como si estuviera a punto de reírse de ella, con esos ojos dorados haciendo arruguitas en las sienes.

De algún modo extraño, eso la enfadó lo suficiente para que su miedo pasara a un segundo plano. Si había algo que Mia odiaba era que se rieran de ella. Siendo bajita y delgada, y con una falta general de habilidades sociales causada por una fase difícil de la adolescencia que contuvo todas las pesadillas posibles para una chica, incluyendo aparatos en los dientes, gafas y un pelo crespo descontrolado, Mia ya había tenido más que suficiente experiencia en ser el blanco de las bromas de los demás.

Levantó la barbilla, desafiante:

—Vale, entonces, ¿Cómo te llamas *tú*?

—Korum.

—¿Solo Korum?

—No tenemos apellidos, al menos no tal como vosotros los tenéis. Mi nombre es mucho más largo, pero no serías capaz de pronunciarlo si te lo dijera.

Vale, eso era interesante. Ahora recordaba haber leído algo así en el *New York Times*. Por ahora, todo iba bien. Ya casi habían dejado de temblarle las piernas, y su respiración estaba volviendo a la normalidad. Quizás, solo quizás, saldría de esta con vida. Eso de darle conversación parecía bastante seguro, aunque la manera en la que él seguía mirándola fijamente con esos ojos que no parpadeaban era inquietante. Decidió hacer que siguiera hablando.

—¿Qué haces aquí, Korum?

—Te lo acabo de decir: mantener una conversación contigo, Mia. —En su voz se percibía de nuevo un toque de hilaridad.

Frustrada, Mia resopló.

—Quiero decir, ¿qué estás haciendo aquí, en Central Park? ¿Y en Nueva York en general?

Él sonrió de nuevo, inclinando ligeramente la cabeza hacia un lado.

—Quizá tuviera la esperanza de encontrarme con una bonita joven de pelo rizado.

Vale, ya era suficiente. Estaba claro, él estaba jugando con ella. Ahora que podía volver a pensar un poquito, se dio cuenta de que estaban en medio de Central Park, a plena vista de más o menos un millón de espectadores. Miró con disimulo a su alrededor para confirmarlo. Sí, efectivamente, aunque la gente se apartara de forma evidente del banco y de su ocupante de otro planeta, había algunos valientes mirándoles desde un poco más arriba del sendero. Un par de ellos incluso estaban filmándoles con las cámaras de sus relojes de pulsera. Si el K intentara hacerle algo, estaría colgado en YouTube en un abrir y cerrar de ojos, y seguro que él lo sabía. Por supuesto, eso podía o no importarle.

Pero teniendo en cuenta que nunca había visto videos de ningún K abusando de estudiantes universitarias en medio de Central Park, Mia se creyó relativamente a salvo, alcanzó cautelosa su portátil y lo levantó para volver a ponerlo en la mochila.

—Déjame ayudarte con eso, Mia.

Y antes de que pudiera mover un pelo, sintió como le quitaba el pesado portátil de unos dedos que repentinamente parecían sin fuerza, y como al hacerlo rozaba suavemente sus nudillos. Cuando se tocaron, una sensación parecida a una débil descarga eléctrica atravesó a Mia y dejó un hormigueo residual en sus terminaciones nerviosas.

Él alcanzó su mochila y guardó cuidadosamente el portátil con un movimiento suave y sinuoso.

—Ya está, todo listo.

Oh Dios, la había tocado. Tal vez su teoría sobre la seguridad de las ubicaciones públicas fuera falsa. Sintió como su respiración volvía a acelerarse, y cómo su ritmo cardíaco alcanzaba probablemente su umbral anaeróbico.

—Ahora tengo que irme... ¡Adiós!

Después no pudo explicarse como había conseguido soltar esas palabras sin hiperventilar. Agarrando la correa de la mochila que él acababa de soltar, se puso de pie de golpe, notando en lo profundo de su mente que su parálisis anterior parecía haberse desvanecido.

—Adiós, Mia. Nos vemos. —Su voz ligeramente burlona atravesó el limpio aire primaveral hasta ella mientras se marchaba casi a la carrera en sus prisas por alejarse de allí.

Contactos Peligrosos ya está disponible. Para saber más y registrarte para mi lista de nuevas publicaciones, visita www.annazaires.com/book-series/espanol.

ACERCA DEL AUTOR

Anna Zaires es una autora de novelas eróticas contemporáneas y de romance fantástico, cuyos libros han sido éxitos de ventas en el New York Times y el USA Today, y han llegado al primer puesto en las listas internacionales. Se enamoró de los libros a los cinco años, cuando su abuela la enseñó a leer. Poco después escribiría su primera historia. Desde entonces, vive parcialmente en un mundo de fantasía donde los únicos límites son los de su imaginación. Actualmente vive en Florida y está felizmente casada con Dima Zales —escritor de novelas fantásticas y de ciencia ficción—, con quien trabaja estrechamente en todas sus novelas.

Si quieres saber más, pásate por www.annazaires.com/book-series/espanol.